我见过那个人

王威廉 著

浙江文艺出版社
Zhejiang Literature & Art Publishing House

图书在版编目(CIP)数据

我见过那个人 / 王威廉著. —杭州：浙江文艺出版社，2025.1.
ISBN 978-7-5339-7646-0

Ⅰ.①我… Ⅱ.①王… Ⅲ.①散文随笔-中国-当代 Ⅳ.①I267

中国国家版本馆 CIP 数据核字（2024）第 1DK056 号

策划统筹	曹元勇
责任编辑	张苇杭
营销编辑	耿德加　胡凤凡
责任印制	吴春娟
装帧设计	二月十
数字编辑	姜梦冉　诸婧琦

我见过那个人
王威廉　著

出版发行	浙江文艺出版社
地　　址	杭州市环城北路 177 号
邮　　编	310003
电　　话	0571-85176953（总编办） 0571-85152727（市场部）
印　　刷	上海盛通时代印刷有限公司
开　　本	850 毫米×1168 毫米　1/32
字　　数	150 千字
印　　张	9
插　　页	4
版　　次	2025 年 1 月第 1 版
印　　次	2025 年 1 月第 1 次印刷
书　　号	ISBN 978-7-5339-7646-0
定　　价	56.00 元（精装）

版权所有　侵权必究

目录

辑 一

003　我见过一个人

辑 二

025　易水河畔忆刺秦
049　美若西施
058　平江诗事
072　鲁迅的目光
096　榄核听星海
103　他将成为这独一个
109　置身在生命迷宫中

辑 三

119　写作与生命的觉醒
125　自然的女儿
134　既年轻又苍老的灵魂
140　那个自律而优雅的写作者
144　在南方虚度光阴
155　严重的时刻

辑 四

167　那阵来自粤海的风
174　抵达与出发
182　加速世界的中华鲟
188　想念大山野地的那一束花

辑 五

197　奶奶的一生
202　沉溺
218　第一课

238　谁的童年
250　逃离书房
256　出窍的眺望

后　记

267　我,是另一个人

附　录

271　朱铁军:王威廉印象记

辑一

我见过一个人

一

我见过一个人。那是一个经常坐在公车站附近的地面上吹笛子的老人，如果非要给他一个社会身份，可以说他是个乞丐。你只要仔细看过他，你就不会再忘记他，因为他明澈的双目炯炯有神，没有普通乞丐眼中的凄苦与毁灭。他的体格健美，神态萧散而怡然，一把黑色的木笛在他的手间灵活地游走与嬉戏着，让他浑身上下破旧的衣服都有了一层不同寻常的光晕。他有时候会吹响笛子，不是为了惹人注目或卖艺换钱，他总是想吹就吹，即便断断续续，不成曲调，他也不以为意。我从他这些完全自发性的行为举止中目击到了令我战栗的超然，我从没有见过一个像他这样安于贫穷、安于衰老、安于命运的人，在他那里你看不到所谓失败的痕迹，他吹着笛子，看着行人，仿佛在说："有何胜利可言？"

这位老人让我想起古希腊的狄奥根尼。这位哲学大师住在一个木桶里，以讨饭为生，别人笑话他像一条丧家之狗，他也毫不生气。(这便是"犬儒"的来历,那时这词绝对含褒义,至少是中性的。)亚历山大大帝去看他的时候,问他有什么想要的,狄奥根尼说:"那就请你让开一点,你挡住我的阳光了。"

  这个故事经常被人所称颂,但我想,公车站的这位老人比狄奥根尼的故事更令我动心。因为这位老人不需要一位帝王的身影来作为传奇的注释,也没有哲学家的机心与姿态,他安于自己的位置,仿佛与这个疯狂的世界早已达成了彼此间的备忘录,任凭周遭的时光销蚀着全部的事物与生命中的一切。这样的状态倒是比狄奥根尼更加接近这个世界的"大道",是最内在的东方精神的表达,正如庄子的《逍遥游》结合了释迦牟尼寂灭的空无。在这样的老者面前,你平日的劳碌奔波都显得了无意义,你会发现,大街小巷传来的流行歌曲全都来自心灵的最外层,统统不如这位老者随意吹奏的一曲笛声更能震颤内心的最深处。

二

  我见过一个人。她或许只有一个成年人的小腿那么高,长年累月端着一个纸盒子在繁华的步行街入口处向行人索取施舍。我很难看清她的表情,因为她的脸太小了,但是我能看到她的脸上布满了乡村电网一般的皱纹,像是一个衰老的孩子。她穿着成年妇女样式的粉红色的夹克与绿色的裤子,假如你蹲下来打量她,你会把她当成一个与其他行人毫无二致的女人,但当你站起来,一种很难言喻的古怪感受就会折磨起你的心。

很少有人往她的纸盒子里面投放钱币,她挣的钱明显不如附近一些同样以乞讨为生的人多。某些心肠软的女人以为她是一个小孩子,本打算丢一些很小面值的零钱给她,待到看清她是一个年龄很大的侏儒的时候,她们就像看到了一小处违章建筑似的,迅速走开了,连目光也像涂抹了润滑油一样,一下子滑到了很远的地方。

她变成了一个幽灵,漂浮在人群迈向消费激情的步伐当中,只有我一个人站在一个不起眼的角落打量着她。她没有发现我的打量,发现了或许也会毫不在意,毕竟我只是一个百无聊赖的人。不过最糟糕的情况是,她很有可能把我视为一个斜眼症患者,她拒绝相信我的目光是真的落在她的身上的。

一个和她同样大小的小男孩在母亲的牵引下经过她,小男孩完全被她吸引了,挣扎着要停下来,想好好看一看这位童年世界中的老者,但她的母亲像触电一般用有些痉挛的姿势把小男孩拽走了。小男孩还在转头看着她,嘴里发出高兴的叫喊。

她被这场突如其来的变故吓坏了,从街道的中央逃到了边上,有些疑惑地回望着小男孩。这时我走过去,往她的纸盒子里丢了张皱巴巴的一元纸币,但她还没从刚才的事件中挣扎出来,只是有些呆滞地打量了一眼盒子内唯一的一元钱,然后就继续望着小男孩的方向了,没有抬起头来看看是一个什么模样的人给了她这点可怜的钱。

朋友正在朝我走来，向我打着招呼，我还之以微笑。看来，我并不是波德莱尔式的艺术家，用阴郁的眼光刺探着这个世界，我只是在等人的间隙中无意看到了她，缓解等待的焦躁。我和朋友一起走远了，没有再回头，也没有再回忆，仿佛她和她的痛苦从来都不曾存在。

三

我见过一个人。她是一个普通的流浪者，斜挎着一款棕色的破旧的包，腰间系着一些五颜六色的绳子，绳子的终端牵引着一个肮脏的难辨颜色的编织袋，袋子里是花花绿绿的饮料瓶子。但她给我留下了深刻的印象，因为她的嘴角总带着欣喜，她的眼睛总是怀着一种惊喜打量这座繁华的城市。她看起来非常享受于她此刻看到和听到的内容，仿佛也因自己属于这座城市的繁华而深感兴奋。

她年龄已经不小了，估计快要六十岁了，当然，也许没有那么老，只是流浪的生活让人衰老得更快。或许她已经有了好几个孩子吧，他们也是这样的流浪者么，他们的成长就是这样被城市的垃圾所滋养的么？

不过，她的神情显示了她并不为此担心，她悠闲地走在商业街的中心地带，从垃圾桶里拣起别人没有吃完的盒饭，开始边走边吃，她慢慢咀嚼，欣赏着周围的高楼建筑与匆匆而过的人流,比最有耐心的旅行者还要富有细腻的品味。那无比缓慢的步伐像是在表明她才是这片小天地乃至整条繁华街道的主人,而周围迅速逝去的身影只不过是过客。

她悠闲似乎不是因为她安于命运,而是因为她有一种从属于本能的肉体乐观主义,这在今天是一种罕见的精神状态。我们的世界如今已被纳入现代性的体系当中,人类的情感被规训成了更加理性而冷漠的秩序,而在前现代,肉体乐观主义曾普遍盛行。我们可以在一些影片中窥见欧洲中世纪农夫的粗陋举止(当然还有那位狂野的拉伯雷的笔下),而在中国,这种夸张的前现代举止也离我们并不遥远,比如在鲁迅先生创作的阿Q那里就有着刻骨的漫画般的描绘。那是一种个人主体与外在空间并非泾渭分明的世界,所以我们返观的时候发现了某种不适应的滑稽;而在今天,我们被启蒙的思想赋予了个体意识,这种意识让我们第一次遭遇到了世界本身。我们惊讶地发现,这客体的世界竟是如此荒凉,以致我们的内心变得如此孤寂,还不如这位流浪的女人,她漫步在城市、浏览着风景,轻松而舒适地享受了世界。

四

我见过一个人。他的身影模糊在我童年混沌的记忆之中,我有很多年都没有在头脑中遭遇过有关他的一切,而今天，我在观看了一部战争题材的影片之后，不得不想起了他。

　　在这部影片里，一位战士被炸断了双腿，他爬行着躲进了一条壕沟，保住了一条命。由于他是一个微不足道的配角，影片对他的交代也就到此戛然而止，没有人会再去关注他今后的生活。我之所以突然间想起了那个多年以前的模糊身影，只是因为那个身影的生活正是这部影片的可怜配角在未来真实生活中的继续演绎。

　　那是大西北的一座很普通的农场，我和一群小朋友似乎是在学校的组织下去那个农场开展什么"勤工俭学"的活动，实际上只是一种说教形式的郊游而已。这场郊游的其他细节早已飘散在风沙中，如今我脑海里只剩下对那个模糊身影的一点儿残缺的记忆。

　　那个模糊身影就在农场边沿的一座黄泥小屋里面，仅仅从外观来打量，我还以为是用来饲养牲口的。走近后，我发现这是一座十分古怪的房子，没有门，门下部的二分之一被泥砖给堵住了，形成了一个类似窗口的窟窿，而且这小屋就只有这么一个窟窿，强烈的腥臭味从里面涌出来。我站在窟窿前，以为会看到一头骡子或是毛驴，结果却看到房间里有一位白须老人瘫坐在地上。他的眼睛躲藏在黄泥墙壁上的裂缝样的皱纹中，像一粒煤灰的渣子，没有任何反应地盯着外面的动静看。带着儿童的好奇心，我继续观察着他，竟然看到了非常可怕的事情：他坐在一大包稻草上，仅有的一对树根似的大腿放在地面上，然后就什么都没有了，他的腿像树的根须一般扎进了土壤深处。

　　几乎每个小朋友都会跑过来看一眼,许多小女孩发出了惊人的尖叫声。后来我们的老师问了一位在农场工作的人:"那位老人家是怎么回事?"我记得那位上了年纪的农场工作人员说:"噢,那是朝鲜战争上残废了的老兵。"老师说:"那应该优待呀!"农场工作人员说:"对他很不错了,每天都有人送饭给他,你要知道,他是个被释放的俘虏。"我记不清我的老师后来是怎么说的了,只记得"俘虏"这个词成了我童年时代的噩梦,是比断了双腿还要不可忍受的恐怖事情。从那时起,我就开始永不停歇地逃亡,生怕被什么东西逮住,然后变成一个那样可怜的模糊身影,独自待在黄泥小屋里。

五

　　我见过一个人。她是一个打扮非常入时的摩登女郎,有着引领潮流的独特发型、以及那种诱惑男人又鄙夷男人的性感表情。在人烟稀少的下午时分,她坐在街边的一家麦当劳里吃冰激凌,或许是为了等待某人,或许仅仅是为了消磨过于漫长的午后时光。

　　那天我也是因为赶时间去工作,所以才在这样的时间与地点碰到了她。我坐在一个离她不远的角落里争取时间填饱肚子,刚开始没怎么留意她。后来,我发现她的手臂总是在空中挥舞着,我仔细一看,原来是一只讨厌的苍蝇在追逐并死缠着她。或许是她身上有种特殊的气味特别吸引苍蝇吧,那苍蝇是我见过最有耐心的一只。它总是前往她面前的食物处以及衣袖与头发处,她抬手驱赶,它便飞走,并不飞离很远,只是绕着她转一个圈,又飞到了她的面前。这样反复进行了七八次,任何置身其外的观看者都会禁不住发笑起来,而对于当事人来说,这是一种难以描述的古怪折磨。

那苍蝇并不想善罢甘休,像行星围绕恒星一般不知疲倦地围绕她一圈又一圈,而她的手总要一遍又一遍地在空中挥舞。她终于受不了了,叫住了一个恰好路过的服务生,训斥他:"你看你们是怎么搞卫生的,这里居然有这么多的苍蝇!"由于气愤,她把一只苍蝇故意说成是很多只。服务生发现了那只苍蝇,便也去打,嘴里说:"也就一只而已,不小心跑进来的吧。"她对服务生这样草率的态度很不满,说:"你看到了一只,难道就只有一只吗?谁知道你们的厨房里还有多少!"她这话摆明了是要吵架的,服务生生气地说:"那你别吃好了。"她终于逮住机会暴怒了,嚷嚷起来,说要见店经理。店经理早就留意这边的骚动了,便跑过来道歉,并轻描淡写地批评了服务生几句,然后让服务生赶紧把苍蝇给消灭了。

尽管人多势众,这只苍蝇还是无所畏惧,依然我行我素,死缠着女郎绕圈子,服务生也不知道该怎么去打,只是一个劲地摇晃着擦桌子的毛巾。女郎突然站起来说:"你的脏毛巾碰到我了!"服务生说:"到底谁脏,你看苍蝇绕着谁转圈呢?"这样一来,又一次争吵开始了,而且火爆程度升级。可惜我已经吃完了,要赶着去工作,没法继续观看下去了。当我走到门口回头看的时候,那里已经围了好几个人在争吵,每个人都是一副气势汹汹的架势。这个情景突然让我有些苦涩地笑了起来,我走在路上想,人类原来是如此虚张声势的物种,一群人竟就这样轻而易举地被一只小小的苍蝇给打败了。

六

我见过一个人。是的,我是见过他,但我宁愿从来没有见过他。他的存在就像一束工厂里电焊的光,在街角处突然放射出来,灼烧了我的眼睛,烫伤了我的内心。为了医好我的烫伤,我必须承认我见过他,并且还要去思考他。

此刻对他的描述就是对阅读者的再一次伤害,但我觉得我必须去描述出来,去接受这种伤害,因为这种伤害提醒着我们人性中最黑暗与最丰饶的部分。

他的出现是石破天惊的,是在路途上偶然的俯视中呈现出来的。他是那么年轻和弱小,一张稚嫩的脸上带有青春期独有的光彩。但他却匍匐在肮脏的水泥地面上,穿着破旧的灰色衣服,像是一摊不引人注目的小巷垃圾。他是以爬行动物的姿态四肢并用前行的,他的双腿从大腿处起就裸露在灰色短裤之外,那条几乎没有任何肌肉组织附着的枯萎小腿拖在身后，像是一条过于坚硬的尾巴。他向人们爬去，脖子上挂着一个硕大的盒子，他需要人们的同情与施舍，但我发现人们没有勇气去给他施舍，甚至没有勇气去看他第二眼。

我不知道他这样做是出自个体的求生本能，还是他背后某个不怀好意的组织的要求，但这样的他已经不仅仅是在索取同情了，而是在烘烤着同情。对残缺的集中展示，不一定能唤醒悲悯，但是一定会招来恐惧的袭击。人类对身体的缺失抱有与生俱来的恐惧，即使在处理尸体的时候，也怀着极度的耐心去保持其完整性。而火葬，不妨说是对尸体形态的极端性拒绝，借由这种拒绝消除了对尸体的恐惧之情。还有水葬、天葬等其他使肉身完全消失的方式，本质上都如出一辙。

理性地分析后，原因就是这样的。但我这么说倒不是为这种恐惧以及恐惧带来的冷漠寻找借口，而是想根治自己基因深处对形体缺失的"视觉恐惧症"。

我走近他，把钱放到他面前的盒子里，他抬起头来对我笑了一下。我心里有了一种奇异的感觉，似乎那种恐惧在逐渐减轻。当然，一时半会儿我还是不能从那种惊恐当中挣扎出来。我离开他的时候，频频回头，从不同的角度去打量他，他的形象像街边的躺椅一般，一点点地真实与坚固了起来，客观了起来。他只能是那样的一个存在，他就是那样的一个存在，这样的前提认识，让我做好了再次置身此情此景时去付出悲悯的情感铺垫。

七

我见过一个人。那是在泉州,我从艾苏哈卜清真寺里边出来,身心沉浸在石头的沧桑之中,来自大马士革的艺术形式与上溯至北宋的历史记忆涌入一个人的体内,我在心里咏叹着世界与时间的无穷。带着那种莫名的充盈,我步行到了天后宫的门口,试图在转瞬间进入一个新的宗教空间。

但是大门紧闭,只有偏门微开,有一指宽的缝隙渗透出午后的光线来。我站在那里,眯起一只眼睛朝里面看去,看到了一位老妇人的脸,她的双眼锐利,如老鹰在审视,我被吓了一跳。我伸手去推门,门缝变宽,那张苍老的脸完全显露出来,她有些矜持地打量着我,问我做什么。我说我想进去参观一下,她说已经下班了,不能进了。但我看到里面还有好多游人在拍照留念,便指出了这一点。她并没有耐心回答我,而是迅速把门关闭了,那两扇巨大的门合在一起像是一面从没开裂过的墙壁。

我站在这建筑的前面,仔细研究着它的形式与纹理,甚至用手抚摸着它的表面,那种温热让我感到无比踏实。这时,又有一些人来了,他们敲敲刚才对我关死的偏门,门迅速打开了,那张苍老的脸静默了一会儿,鹰隼的眼睛又在审视,然后居然露出了亲切的笑容,欢迎他们进去。待我想趁机混进去的时候，她又在最后的时刻将门关闭了，将我挡在外边。

我是个极度有耐心的人，继续站在天后宫的阴影下，感受着这种沿海地区独有的民间信仰。后来又有一些人来了，被她审视，然后又被放了进去；再后来，还有一些人和我一样，被拒之门外。一开始，我以为那位老妇人只放自己熟悉的人进去，就像中国那种很黏稠的人际关系网一般。但我后来发现，似乎并不完全是这样的。她在选择、在甄别，似乎她身后的宫殿与神灵给与了她一种神秘的力量，让她有权力这么做，让她有信心这么做。

一辆长途大巴在这个时候停在了宫殿门口，一群人下来了，从口音、服装、导游等因素我判断出他们是台湾人。他们敲开偏门的时候，也是畅通无阻的。谁能够拒绝这些远道而来的朝圣者呢？尽管我也是个远道而来的人，但却并不是个朝圣者。我一方面是个猎奇的游客，一方面是个脑子里充满了社会科学的分析者，妈祖的信仰于我只存在于那一片历史学与人类学的知识当中。理性、分析与知识的存在，淡漠了内心对信仰的情感。我的个人经验使我明白，信仰有时候并不在于真不真，而在于有没有情。

或许，那位老妇人早已洞察了我的内心，将我拒绝在这些香火客之外。我的心情的确不如那些磕头祈求保佑的香火客们急切。我看着门缝后面那位神秘主义的使者般的老妇人，看着她的诡异与热情、明澈与漠然，竟然对于慕名千里而来却没有进去一观的事实感到毫不沮丧。

八

我见过一个人。我参观完这座城市的科学馆后,百无聊赖地在科学馆的附属商店里转悠,这里有很多比较新颖的电动玩具,可以唤醒一个男人对他童年时的渴望的一种亲切回忆。我抚摸着电动汽车、电动坦克等,它们精巧的造型让我充满了孩子的喜悦。待我走到售卖电动飞机的档位的时候,我看到了她。

她是年轻的,浑身上下洋溢着青春的余韵。她的制服让人明白她是这里的工作人员,而她的工作便是操控电动的直升机,使之一直飞翔在这有限的小小空间之内。她脸上的厌倦显而易见,因为这架很小的直升机很难平衡在空中的某一点上,它必须不断地像鸟一样飞来飞去。她摇晃着手中黑色的遥控面板,使小飞机在空中有着不规则的飞翔轨迹,当然,如果是想省却心思,那只能让小飞机不停地固定转圈飞行,但那样即使她不觉得眩晕,她的主管与观众也不会喜欢她这样敷衍了事吧,他们一致希望她能够展现出小飞机最神采飞扬的一面。

于是,她便一直那样操控着,有时实在想休息一下子,就故意让小飞机坠落下来,然后慢慢蹲下身来,把它拿在手中,似乎是在检查它出了什么故障没有。过了一小会儿,她才站起身来，静静地呆立在货架边。

这时，我拿起一架和她手中同类的玩具直升机研究了起来。她发现了我，显得很高兴，右手随意拎着她的模型飞机向我走来，站在距离我很近的地方，向我热情地介绍着这款玩具的各种特点以及操控方法。我表现出了相应的兴趣，的确，在那一刻，我想起自己在童年时竟然没有玩过这么好的玩具飞机，我有了一种补偿过去的常见心理。我问着各种问题，她回答着，由衷地高兴，仿佛很少有人这么去关注她的工作。她说了不少之后，干脆建议我自己来试试。"很好玩的，真的。"她看着我微笑说。这时我已经忘记了刚才出现在她脸上的厌倦，完全陶醉于这玩具本身的乐趣了。

在她的耐心教导下，我很快学会了操控，我让那架小飞机承载着我童年的渴望在这商场的天空上自由飞翔着。我不记得自己玩了多久，她已经不再开口说些什么了，而仅仅是站在我身边，面带微笑地看着我乐在其中。我让飞机在空中做出了几个难度颇大的俯冲动作，居然成功了，我高兴地哈哈大笑起来，那一瞬间我的过去被补偿了，尽管我自己还没意识到。我继续玩着，她也并不催促我，但是没用太久的时间，厌倦便来临了，"不过如此"的声音便在脑际回响了，它简单的操控装置让这游戏变成了一种苦役。我让飞机降落了，然后把飞机递给她，满怀歉意地说，的确很好玩，但是我目前并不打算购买。她嘴上尽管说没关系，但整个人明显掉进了失落的状态中，这让我觉得自己好像做错事了一样，赶紧离开了她，向卖化石的地方走去,那里的东西此刻似乎更能吸引我。后来,当我在某个柜台的转角处突然看见她的时候,她又在操控那飞机了,脸上挂着更深的厌倦,在那一瞬间,我差点决定走过去买下它,仅仅是为了减轻她的那份令我感同身受的厌倦。

九

我见过一个人。他是这个时代最典型的泡沫,他的运动与姿态反映着时代在某种病症的侵害下变得是如何的痉挛与抽搐。那时我还是一个天真的大学生,不过已经没有多少大学生的优越感可言。我延续至今的诗歌写作习惯正在如火如荼地变成我生命的一部分,我对语言的理解亦逐渐在意识中清晰起来,就在这个时候,我和另一位女同学被学校派去一个慈善活动朗诵诗歌。

要朗诵的诗歌可不是我们自己写的,而是他写的。他是一个自称企业家的人,业余写诗,然后很有些古怪地把他的诗歌朗诵会选在监狱里边举办。或许他觉得给被囚禁的人朗诵他写的诗歌,会让那些人的心灵变得自由,从而超越了高墙铁门的限制?

在参加这个活动之前,我们竟然没有看到诗稿,一位为他服务的记者请我们吃了一餐饭,觉得这样的态度对我们学生来说是非常够意思了。我们在餐桌上也没有见到那位诗人的大作，询问之后，被告知在现场才会拿到，因为诗作正在赶印当中，印好了直接送进监狱。至于要朗诵的诗歌，届时由诗人亲自选定，我们拿着诗念就可以了。

尽管这一切显得如此古怪，我还是应承了下来，我的好奇心太强了，我想进监狱里面看看。这就是我当时的全部兴趣所在。因为一般来说，我觉得我这辈子应该都是安分守己的，难有这样的机会。

朗诵会的日子到了，我和女同学自己坐的士奔赴监狱，据那记者说，这些费用会报销的。抵达后，在一系列的盘问与证件的交流中，监狱的大门缓缓打开了，我们走了进去。一种奇怪的感觉抓住了我的心，仿佛我并不是在走进禁地，而是进入了一座抵抗外界侵蚀的堡垒。印象中，从大门口走到监狱的犯人活动中心，我们穿越了好几道关卡，其间还望到了一些身着蓝色囚衣的犯人在劳动，他们的神情没有我想象中沮丧，有些人的神态就像小镇街道上溜达的待业青年一般闲适与自得，在见到我们的时候，他们露出了难以索解的笑容。

走进活动中心，犯人们已经坐得整整齐齐地等他，像是学生在等待老师。等待了许久，他突然出现了。他人着装的自由我不去干涉，但我看得出他有着与诗人完全相反的气质，像是刚做完了一单生意匆忙赶来。他没有理睬我们这两位为他服务的学生，而是先给犯人们演讲。他具体讲了什么，我现在居然一点印象都没有，只记得他讲完后，犯人们的掌声非常整齐，像是下面只坐了一个巴掌声很大的人。然后他走过来和我们握手,指定了要念的几首诗,看到诗的时候我沮丧极了,觉得这一切的荒诞已经超出了自己的忍受限度。但是我还是和同学一起念了,念完后,犯人们并没有什么异样的情绪与表情,而是再次发出了一个人的掌声。那种掌声让我机械且生锈,也让我突然明白,他为什么会选定监狱来做他诗歌朗诵会的场所。

我算是个记忆力不错的人,但对这件事情的回忆却显得捉襟见肘。那次活动以后,有一个星期的时间我都不想去接触诗和关于诗的一切。这样做一方面是为了对诗的尊敬,另一方面是为了忘却那个人,那个我难以描述的人。他让我有机会见识了现实中的监狱,却同时让我看到了比监狱更可怕的东西,所以,我要忘却他,就像时光流逝,一部老电影的情节在流逝掉色,直至我连那电影的名字也想不起来。

十

我见过一个人。他站在死亡与鲜血的最前线,手执尖刀却又毫无凶暴之相,其风度与敏锐让我在童年时代迷恋不已,即使今天想起,也怀有一丝无法确定性质的敬意。这么去描述一个人似乎很难理解,实际上客观来描述的话,他只是一个屠宰场的工作人员。但这样的说法又是很不确切的。

那是座清真屠宰场,只宰杀牛羊。尽管里面的机械设备并不是特别先进,但是屠宰的过程还是很有效率的。每个部分都分工明确,从放血到去内脏再到砍头剥皮,所有的环节都在按部就班地进行着。但是童年时最吸引我的还是宰杀的部分,也就是对那些可怜动物下手的第一刀。那的确是最血腥的部分,也是最迷人的部分,经常有许多孩子放学后站在那里看,我至今还记得有一些成年人也站在那里,他们比小孩更加认真地观看,一动不动地观看,似乎鲜血的喷涌让他们完全丧失了其他的知觉。

他就是宰杀第一刀的人。那时我并不知道他是一位受人尊敬的老阿訇,我只是觉得他尽管在宰杀,却毫无杀戮之气,这点令我惊讶万分。我小时候四处游荡,也碰到过一些职业性的屠夫,他们的气味、身上的油污与凶狠的外表,让人畏惧与厌恶不已,远远地,我就会躲开他们。因此,有了这样鲜明的比较,我就越发对他敬重起来。

最开始观看时我并没有注意他,而仅仅是对死亡有种莫名的迷恋。牛羊的挣扎,以及它们在喉管被割裂后的静默,都令我惊恐不已,同时这种惊恐又逼迫着我继续看下去。似乎只有这样,才能彻底消除这种惊恐。我是在看了很多次宰杀之后才突然留意到他的,之前我每次只关心他的刀子以及刀子在牛羊脖子上的弧线,后来有一次我突然下意识地去看他,可能是想看看这个下手利落的人在宰杀的那一瞬有着什么样的表情吧。于是,我就注意到了他的严肃,以及对每一头牛羊的温情。

他面对的是一个动态的滑轮装置,牛或羊被吊住腿,头朝下地向他的方向慢慢行驶了过来,他握住一头牲口的脖子,会很仔细地抚摸一下,然后用最快的速度划破它们的喉管,血喷涌的时候,他嘴里似乎说了些什么,但谁也听不清。他是对着牛羊说的,经他刀子的牛羊,在被放血的时候挣扎的力度是最小的,这是个很奇怪的现象。在我还是个小孩的时候,我倾向于一种技术主义的解释,但我今天却喜欢多一点儿神秘主义的想象,或许,只有成长了,才能发现世界的无穷。

他宰杀的时候从不和任何人说话,由于专注,牛羊的鲜血喷溅在他下巴上很长的白胡须里面,他也不怎么在意。他在完成了工作以后,从来都不看我们一眼,就径直走开了,反倒是我们望着他的背影恋恋不舍,因为观看的乐趣被他带走了。我们很少去看掏内脏和剥皮等环节,那些事情和他的比起来,在我们眼里只是一些剩下的杂活而已。而他,已经完成了最重要的部分:结束一种生命的形式,并且用信仰的力量坦然相对。童年的我在后来的很多次观看中,格外观察并体会着他,这些积累起来的记忆直到今天还让我感叹他是怎样的魔术师呵,竟然在最残忍的行为中消灭了残忍。

辑二

易水河畔忆刺秦

豪　言

秦兵旦暮渡易水。

这是我在易县行走时,脑中出现的一句话。我一直默默吟咏着。这是在哪里读到的?从未刻意去记,此时却从记忆的混沌中脱颖而出,这眼前的风物碰触到了什么敏感的神经元?望向茫茫天际,金戈铁马不见,但那其中的紧迫与危机,七个字便表达得淋漓尽致了。

恍惚中,总觉得这句话与荆轲是有关的。这要被秦兵强渡的易水,莫不就是那句著名悲歌中吟唱的河流?"风萧萧兮易水寒,壮士一去兮不复还。"我曾像目睹荆轲离别背影的士兵一样,心中被这句话反复激荡。

所谓豪言壮语,我想此为千古第一。

果然,我查阅后发现它是《史记·荆轲传》中的话,司马迁对荆轲刺秦王有着完整的记述。

燕国太子丹在极度的恐惧中,对荆轲说:"秦兵旦暮渡易水,则虽欲长侍足下,岂可得哉?"尊贵的燕国太子,竟然对一介平民用"长侍"这样的说法,可见有多么器重,有多么无奈。太子长期的侍奉,便是荆轲所领受的恩情,他所要报答的,并非国家大义,而是这样的恩情。因为,荆轲并不是燕国人。荆轲本是齐国庆氏的后裔,后迁居卫国,始改姓荆。荆轲这样的人,心怀大抱负,所梦寐以求的,是实现自己的价值与荣耀。

我这样说并非贬低荆轲,恰恰相反,他这样的人才更好地诠释了"英雄"的形象。秦国大将王翦一生打胜仗无数、杀人无数,但很少有人觉得他是个英雄,而提到荆轲,大家都不约而同地竖起大拇指,说:"那个是英雄!"

青史留名的英雄,大多是"舍我其谁"的个人主义者,他们并不蔑视别人的生命,他们只是想让自己的生命能更好地实现价值最大化。

而且,英雄一定是有豪言壮语的人。

怯懦

我来到易水河边,这里正在修建一座休闲度假村,尘土飞扬之下,已然能看到花团锦簇。它仿照古村落的样式建设,一排排都是小食店铺。我一路走过去,竟然发现陕西人开的铺子最多,写着臊子面、羊肉泡馍和肉夹馍的旗子,在风中猎猎招展。脑中想着荆轲的我,看到这一幕不由有些感慨。其实,我本秦人,可两千多年过去了,这些恩怨早过期了,剩下的只有我们对历史的遐思。时光过滤之后,没有了愤怒,没有了血腥,我们可以心平气和地去揣摩那些人和事。

我继续想着荆轲,在易水河边,不能不想他。也许此刻我脚下的位置,就是当年他站立过、行走过、醉过酒的地方。

荆轲并不是个完美的人。他早年喜爱读书、击剑,然后游侠四方,寻找机遇。曾去卫元君那里找工作,没有如愿。他也并非天生是天不怕地不怕的人,而是有着许多胆小怕事的"劣迹"。他在榆次与剑术家盖聂论剑,一言不合,盖聂瞪他,他就离开榆次了。他在邯郸跟剑客鲁句践因博弈发生争执后也逃走了。司马迁写道:"嘿而逃去。"意思是一句话也没说,默默逃走。

因此,在很多人眼里,他是个怯懦的人。

知　遇

荆轲游来荡去,终于来到了燕国下都,就是如今的易县,和这儿杀狗的屠夫以及擅长击筑的高渐离成为朋友,天天喝酒唱歌,一会儿笑,一会儿哭。我想,后辈所仰望的"魏晋风度",源头也许就在荆轲身上。这样的表现在普通人看来与疯子无异,但在隐士田光眼里,此人必有不同凡响之处。

有一天,在秦国做人质的太子丹,终于从咸阳逃回了下都。他与"战国四公子"一样,开始了求贤问士的事业。太子丹的老师鞠武,向他推荐了隐士田光。田光知道自己年事已高,不能再做什么大事了,便向他推荐了荆轲。

第一次见面,太子丹就向荆轲提出了自己刺杀秦王的计划。

如果能劫持秦王,便让他退还占领的各国土地。如果秦王不从,就杀了他,让秦国内讧,各国再联合起来灭秦。

说真的,不是我事后诸葛亮,这个计划一听上去就很不靠谱。因此,荆轲很久没有说话,过了好一会儿,才说:"这是国家大事,我的才能低劣,恐怕不能胜任。"这个"恐怕",让太子丹听出了希望,赶紧膝行上前跪拜,以头叩地。这事就成了。荆轲成了太子的座上宾,被拜为上卿,不仅天天美食、美酒、美女伺候着,太子每天还要亲自去问候。荆轲游荡着,终于找到了一个好的归宿。这就是古人说的"知遇"了。

私 仇

养"卿"千日,用"卿"一时。在秦兵旦暮渡易水之际,太子丹再次对荆轲提出了刺杀的计划。荆轲说:"我需要两样东西,樊於期将军的脑袋和燕国督亢的地图。我将它们献给秦王,秦王一定高兴接见我。"

樊於期原为秦国大将,畏罪逃往燕国,被太子丹收留。

太子丹是个善良的人,对荆轲说:"樊将军以穷困来归丹,丹不忍以己之私,而伤长者之意,愿足下更虑之!"

仔细琢磨,这个说法挺奇怪的。刺秦,对燕国乃至其他国家来说,都是一件令人敬仰的大快人心之事,怎么会说是"一己之私"呢?

原来,太子丹与秦王嬴政有私仇。

许多年前,他们还是孩子的时候,在赵国邯郸,他们是一起玩耍的小朋友。

战国的时候,两国订立盟约、请求出兵或停战协议,为表诚意,便要互送重要的公子作为外交上的保证。这样的公子其实就是人质,故叫作"质子"。

那个时候,太子丹在赵国充当质子,而嬴政连质子都不能算。他是秦国王子异人的儿子,是质子的儿子。质子的日子并不好过,只比囚犯好一点。太子丹和嬴政同病相怜,经常在一起嬉戏聊天。太子丹要比嬴政大上好几岁,作为哥哥,太子丹在生活上照顾弟弟嬴政的时候也很多。

多年以后,嬴政跟随父亲异人回到了秦国。在吕不韦的精心策划下,异人做了秦王,是为秦庄襄王。秦庄襄王短命,在位三年就过世了,嬴政便成了新的秦王。那一年,嬴政只有十三岁。

太子丹就没这么幸运了,他的父亲燕王喜身体健康,稳坐王位,他只好继续过着质子的日子。但这一次,他被派往秦国当质子。他心下有喜,期待见到嬴政弟弟,尽管这个弟弟已经二十八岁了,但他认为,童年的时光怎么可能被忘记呢?这个弟弟一定会善待他,也许,还会帮助他和燕国。

但是,当他觐见的时候,以前的弟弟,现在的秦王,冷酷、傲慢之至。当时天下最强大的王者,最不愿想起童年的惨痛经历。传说他的母亲怀了吕不韦的孩子,才去邯郸跟了异人,而他,极有可能就是那个腹中的孩子。太子丹的出现,是一种提醒。嬴政讨厌这种提醒,他要用傲慢将过去的耻辱压成齑粉。(数年后,秦军攻下邯郸,据《史记》载:"秦王之邯郸,诸尝与王生赵时母家有仇怨,皆阬之。"可见,嬴政心中对过往是多么敏感和痛恨。)

太子丹的心被刺痛了,假若他不认识这王座上的人,也就像以往那样忍了,但现在他忍不了,他只有一个卑微的请求,就是看在往日的情面上,请秦王放他回去。

但是,嬴政说:"等乌鸦变白,马的头上长角,我就放你回去。"

太子丹心底最后的一丝温情就此熄灭,这种耻辱,化为仇恨。

没有比仇恨更可怕的力量,他开始周密地策划逃跑,最终竟然成功了。他一归国,就开始招揽侠客义士,心中的仇恨让他可以把自己放低到尘埃里。凡是别人介绍来的侠士,他几乎都是行跪拜大礼。他不爱后宫佳丽,终日和这些士人为伍。据《汉书·地理志》记载:"初太子丹宾养勇士,不爱后宫美女,民化以为俗,至今犹然。宾客相过,以妇侍宿,嫁娶之夕,男女无别,反以为荣。"

这对一个太子,意味着怎样的煎熬与迫切。

尊严,远没有仇恨重要。但他的仇恨,却来自心底深处的尊严。

而且,他的可爱在于,他并没有用高尚的名义去掩饰自己的私仇之心。

自　杀

一个正常人,得有多大的勇气,才能自杀。但是在上古时代,人们动不动就自杀了。那时的人们把很多东西看得比生命重要。

像是上文提到的隐士田光,他将荆轲引荐给太子丹之后,就自杀了。

《史记》是这么写田光自杀的。

> 田光曰:"吾闻之,长者为行,不使人疑之。今太子告光曰:'所言者,国之大事也,愿先生勿泄',是太子疑光也。夫为行而使人疑之,非节侠也。"欲自杀以激荆卿,曰:"愿足下急过太子,言光已死,明不言也。"因遂自刎而死。

在这里，我不得不深深感叹下司马迁的才华，他写这些隐秘的历史事件也如在现场一般，所有对话虽皆为他的想象与揣测，但实在是贴切之至。就是这样的对话体，开创了中国古典小说的基本样态。

田光学识渊博，智勇双全，素称燕国勇士，怎么受得了这样的质疑？一点点的质疑都是义士无法容忍的羞辱。尽管这只是太子丹为了谨慎起见说出的一句话，不代表他对田光有质疑之心，却也暗示着太子丹并非是个有大智的人。刺秦大业尚未开始，便已经蒙上了阴影。田光要用自己的死亡给荆轲更大的动力。

另一个人的自杀更加意味深长。

荆轲问太子丹要樊於期的人头，太子丹不忍，荆轲便私下去找了樊於期，对他说："秦之遇将军可谓深矣，父母宗族，皆为戮没。今闻购将军首金千斤，邑万家，将奈何？"

樊於期仰天叹息，流着泪说："於期每念之，常痛于骨髓，顾计不知所出耳！"

然后樊於期就割颈自杀了。

但有一点让我困惑，据说樊於期本是秦国大将，兵败后畏罪潜逃到燕国，那么，他的家人会依照秦律被杀或被没收为官奴，是他逃跑时就应该知道的。况且，秦国对于战败大将的惩罚并不是十分残酷。秦国大将王陵伐赵都邯郸失败后，只是被免职。在"灭楚之战"中，大将李信率领的二十万秦军被楚军击败，李信也只是被撤职，并没有被处死。

历史的缝隙出现了：樊於期这么重要的人物，在此之前的经历居然是缺失的。他就这么突然出现了，没有其他的历史记载。

一些学者考证樊於期就是秦国大将桓齮。理由是：桓齮在败给赵国大将赵牧之后就再也没有了记载，而在此之后出现了樊於期，他们的名字读音相似，也许他们是同一个人，只是燕人发音不同。我认为这种推测并不成立。首先，我相信《史记》，在《史记》中这是不同的两个人；其次，我认为樊於期并不是个怕死的人，更何况打败仗也不会真的被处死，他没有出逃的理由。更何况，《战国策》还记载了桓齮兵败被杀的事情。

樊於期是另一个人。

我在这里更愿意提及历史小说《东周列国志》对樊於期的描写。很多时候，文学比史学更接近历史的"真相"———一种哲学意义上的真相。

樊於期作为长安君成蟜的副将，一同出征赵国。成蟜为秦庄襄王（异人）亲生之子，樊於期担心吕不韦想借机除掉成蟜。他对成蟜说，"今王非先王所出"，"诸国皆苦秦暴，何愁不纳"。成蟜当时十七岁，热血男儿，说干就干，就这么反了。

可是，这场叛乱被嬴政平定，相关人员被残酷绞杀。樊於期惶惶之中四处流窜。无论他逃与不逃，家人皆是死罪了。参与谋反，还书写檄文，说嬴政是"怀娠奸生"，嬴政怎么能不震怒？用黄金千斤、城邑万家来买他的脑袋，才能解心头之恨。

　　因此，樊於期这个人活着，也是为了复仇。当荆轲找到他时，他慷慨激昂的陈词与毫不犹豫的自刎是他期待已久的，几乎都带有一种表演性。

　　如果说田光的自杀源于义士的高洁，那么樊於期自杀，就有着跟太子丹一样的心境，他对嬴政更加充满了愤怒的私怨。

　　这也是太子丹和他惺惺相惜的原因。

　　太子丹得知他的死讯后，驾车奔驰而来，趴在尸体上痛哭失声。太子丹和嬴政不同，他是个重情重义的人。

　　为了生命之外的价值而自杀，总是令人惊叹。比生命本身更重要的目的，究竟是什么才能被我们所理解？

恐　惧

　　法国思想家帕斯卡有一句话令人难忘："在危险之外惧怕死亡，而身临险境时却不惧怕。这就是所谓人。"我觉得这话很有道理，比如我们惧怕失败、悲哀、疾病、衰老、失去……但是无一例外会在人生的某个时刻跌进那种无助的漩涡中。当我们置身谷底之后，的确，恐惧反而减轻了。因为我们除了接受这种处境之外，别无他法，就像病了只能吃药、住院、休养，别无他法。这种逆境不是我们主动选择的，而是被动承受的。许多身外的力量突然就改变了我们的处境，我们尚且来不及去细细思量。

可世上有一种特别极端的情形,那就是眼睁睁地主动奔向灭亡,而不是突然被动地跌进灭亡,由于本能,这个过程中的恐惧值是会趋于无限大的。

况且,死亡也并非是恐惧的极限,有很多情势蕴含着大于死亡的恐惧。

荆轲的副手秦舞阳,据说十三岁就当街杀人,目光凶残,无人敢对视。但这个人,跟荆轲来到秦国,进宫觐见的时候,居然"色变振恐",当即让秦国大臣起了疑心。司马迁在另一处还提到了秦舞阳(《史记·匈奴列传第五十》),里面记述了燕国贤将秦开,说秦舞阳是秦开的孙子。一些人就此认为这是司马迁在暗示秦舞阳年少杀人是"官三代"的跋扈,我觉得这属于当代语境下的"过度解读"。刺秦不是摘桃子,没有哪个官三代会选择主动去送死。有人说秦舞阳是太子丹的眼线,负责监视荆轲,这点嫌疑我倒觉得是有的。但无论如何,秦舞阳这个人也是勇士无疑。

勇士秦舞阳,来到让列国闻风丧胆的虎狼之邦,在穷街陋巷争勇斗狠的经验,哪里受得了秦宫内如此巨大的权势压迫,他终究被恐惧压垮了。他让我们反思:人们往往惧怕权势甚于死亡。

想清楚了秦舞阳这个人,才可真正明白荆轲的伟大。

我们知道,恐惧是会传染的。可荆轲发现了秦舞阳的状况后,居然还能解嘲似的笑笑,对秦王解释说:"北蕃蛮夷之鄙人,未尝见天子,故振慑。"他的表情、语气得多么轻松自然,才能让敏感多疑的嬴政相信啊。这个时候,我们终于知道了荆轲是一个怎样的大智大勇者。

接下来,荆轲取过秦舞阳手中的地图,冷静而谦卑地向秦王呈上。他的胜算本来就极其渺茫,现在由于露怯的副手无法辅助,失败的结局其实已经注定了。可他早已将成败与生死置之度外,继续冷静地行事。

地图完全打开后,一把短小的匕首握在了荆轲的手中,秦王惊慌逃窜。在那个尚武时代,秦王带剑在身,一定是会格斗的,因而荆轲无法很快杀死他。秦王从后背抽出长剑来,一下就砍断了荆轲的左腿。荆轲将那把涂满了毒药的匕首像飞镖那样掷了出去,秦王灵活躲过,匕首狠狠地扎在了柱子上。

荆轲自知事不就,倚柱而笑,像个簸箕一样瘫坐在那儿,骂道:"事所以不成者,乃欲以生劫之,必得约契以报太子也。"

这个时候的荆轲,已经像帕斯卡说的,完全置身于险境了,因此他完全没有了恐惧。他压抑了一生的豪迈之气让他理直气壮地为自己的失败辩护。

我没杀你是因为我要活捉你!

这话极为霸气。但后半句,他作为严格训练的刺客,居然直接供出了幕后主使太子丹,不免有些让人费解。我不禁想起了《水浒传》中的武松。他在杀了张都监全家、血溅鸳鸯楼之后,从死尸身上割下一片衣襟来,蘸着血,去白粉壁上,大写下八字道:"杀人者,打虎武松也。"荆轲作为刺客之祖,早已经知道这个时刻是自身价值最大化之际,既然自己的身份已经显露,索性正大光明地说出一切,这是一种刀锋似的叙事,将自己的生命镌刻进时光的深处。

至此,荆轲生命中所有的怯懦都不再成立,我们方才惊觉他之前的怯懦只是为了保全自己的生命。他不愿浪费鲜血在不值得的普通事情上,他宁愿像懦夫那样逃窜、被人鄙视,因为他心中满是自信,他会找到机会充分证明自己。有了大的使命,才能在小处妥协。否则,妥协就成了怯懦。

成 功

刺客的成功不在于结果,不在于对象的死或活,而在于对象的义与不义。

这就是司马迁在字字如金的《史记》中为刺客立传的初衷:"自曹沫至荆轲五人,此其义或成或不成,然其立意较然,不欺其志,名垂后世,岂妄也哉!"

有了刺客的存在,再具备强权、再有力的人,也有了忌惮。这种忌惮便是一种制衡。尽管,这样的制衡是那么的脆弱,但总是存在的。

清人吴见思说:"刺客是天壤间第一种激烈人,《刺客传》是《史记》中第一种激烈文字,故至今浅读之而须眉四照,深读之则刻骨十分。史公遇一种题,便成一种文字,所以独雄千古。"

这几天我在易县深读,果然有"刻骨十分"之感。我所写下的这些片段,就是尝试以一个现代人的视角对荆轲进行再读。

荆轲,弱小的个人,与中国历史上最强权的人——秦始皇捆绑在一起,形成极为鲜明的反衬,他从而也成了中国最著名的刺客。他是被后世文人咏叹最多的侠士,也是被当代影视文化改编最多的刺客角色,没有之一。

当然,批评的声音总会有的。汉末名士杨雄,觉得以君子的眼光来看,荆轲不过是一个强盗罢了。最刻薄的说法来自北宋的史官司马光,他认为:"荆轲怀其豢养之私,不顾七族,欲以尺八匕首强燕而弱秦,不亦愚乎!"这是典型的儒家想法,貌似客观,实则已经失去了对个人的勇气与力量的信念。人不再是有血有肉的人,人成了匍匐在地的蝼蚁。从司马迁到司马光,从汉到宋,儒家是如何全面占据士人的思维的,于此可见一斑。

若是中国无诗,那儒家化的中国将会是怎样的中国?无法想象每个人都以国家的思维与立场去说话和行动。

幸而中国有诗,我们得以看到一代又一代的中国人,有血有肉地活着。

其中有几首特别打动我。

西晋左思的五言诗《咏史》,其中有两句写荆轲:"贵者虽自贵,视之若埃尘。贱者虽自贱,重之若千钧。"左思不愧是晋人,他与先秦的精神气质还是相通的。他出身卑微,对当时的门阀制度亦深恶痛绝。他是能够理解荆轲的绝佳人选。

同是晋人的陶渊明，专为荆轲写了首挺长的诗：《咏荆轲》。陶渊明的诗歌崇尚隐逸，清静无为，难得有这样赞美暴力的诗。可见荆轲是如何打动了他，也让我们明白陶渊明是一个怎样的人。他的隐逸，不是什么都无所谓的平淡，而是一种藏其锋芒的自省。不是谁懒懒散散地住在乡下，都可以被称为隐逸。一个足够伟大的灵魂，才能有那样的悠然态度去品味自然。陶渊明的《咏荆轲》写得明白如话，基本上便是以诗的形式重述了司马迁的记叙。他写荆轲"心知去不归，且有后世名"，颇能理解荆轲的抱负；"其人虽已没，千载有余情"，更是充满了对荆轲的企慕之情。

唐人赞美荆轲者也颇多。骆宾王的《易水送别》也是名诗："此地别燕丹，壮士发冲冠。昔时人已没，今日水犹寒。"这种意味与陶渊明是相通的，但唐人更敏感于时间的漫长与变迁，故而此诗多少让人想起《春江花月夜》中的"人生代代无穷已，江月年年只相似"。易逝的人与不变的山川对比，是让人感慨万千的主题。

贾岛也继承了陶渊明的一个方面，着重写荆轲的"名"。"荆卿重虚死，节烈书前史……易水流得尽，荆卿名不消。"他把荆轲的死叫作"虚死"，能否将这个词理解成一种为了身后万古名的死亡仪式？名声是虚妄的，可进入史册，却是实实在在的不朽。虚构的历史与无名的现实，到底哪一方是虚、哪一方是实？不免令人恍然起来。

不能不提李白。这个侠骨诗心的人,怎么能不歌咏荆轲呢?他的诗也霸气,他在《赠友人》中写:"荆卿一去后,壮士多摧残。长号易水上,为我扬波澜。"他说出一个悲情的事实:多少壮士的死亡,让侠义精神在衰败,这是多么伤心的事情。最末一句是:"人生贵相知,何必金与钱。"这种价值取向,已经完全回归到了荆轲身上。

宋人写荆轲,继承唐诗的主题颇多。如汪元量的《易水》:"当年击筑悲歌处,一片寒光凝不流。"除了感慨,还有了凝视,触及内心,因此,也就有了反省。高斯得《读荆轲传》:"其事虽不就,简牍光无穷。奈何今之人,蹙缩如寒虫。"既然说到宋代,肯定要提苏轼,他在《和陶咏荆轲》中说:"荆轲不足说,田子老可惊。"他对荆轲评价很低,只是觉得自杀成仁的田光非常值得钦佩。其中还有一句会得罪很多人的诗:"燕赵多奇士,惜哉亦虚名。"这很显然,应该算苏东坡为了与众不同而故作的惊人之语吧。几十年后,他的后辈晁说之写了句"贯日白虹可奈何,书生容易笑荆轲"(《过荆轲冢四绝句》),怎么看都像是在回应苏东坡。

元人中,除了杜征君《荆轲》中的一句"悲风寒易水,侠气小咸阳"之外,也许只有李时行的《易水》值得读:"塞北时闻铁马嘶,蓟门霜柳渐凄凄。天边野烧连烽火,城下寒砧杂鼓鼙。阴碛草荒狐队出,平原风急雁行低。尊前不见悲歌客,易水东流何日西。"我照引全诗,不是因为它在写"悲歌客"荆轲方面有什么新意,而是因为全诗有一种特别"元代"的感觉,特别值得去感受。

明诗不足道,在那个特别世俗化的时代,荆轲竟然被演绎成了另一种人。冯梦龙的《三言二拍》中有篇小说《羊角哀舍命全交》,其中荆轲在阴间成了恶霸,欺凌隔壁墓的左伯桃,左的好友羊角哀为了帮助朋友,自杀去阴间,一起斗荆轲。自此,"羊左之交"成了生死之交的代称,但与伯牙、钟子期的"高山流水"相比,总觉得缺了精神的内质。

小说中,羊角哀骂荆轲:"不思良策以负重托,入秦行事,丧身误国。"

这应该能代表明代人对荆轲的一般看法。就连小说中,都已经是一种完全国家主义的话语了。

就这么到了晚清。还是那个让我们敬重的龚自珍写出了好诗:"陶潜诗喜说荆轲,想见停云发浩歌。吟到恩仇心事涌,江湖侠骨恐无多。"(《己亥杂诗》一二九)但我们知道,龚自珍在清代是为一代怪杰,在他的周围,那种侠义的精神已经稀缺得如同太空了。

梁启超在《中国之武士道》里尖锐发问道:"荆卿以还,次有张良,次有贯高,皆同起于前后三十年间。自兹沉沉黑暗数十世纪,不复有此等人物闻于历史矣。何意百炼钢,化为绕指柔。先民之元气断丧如此其易也,谁之罪欤?"

谁之罪?我们至今在解。

在我看来,最后一首赞美荆轲的古诗,是一个女人写的。

这首诗名叫《宝刀歌》:"不观荆轲作秦客,图穷匕首见盈尺。殿前一击虽不中,已夺专制魔王魂。"

这个女人,就是鉴湖女侠——秋瑾。

这个女人不仅写诗,而且还身体力行。她没有受任何人的恩惠,也没有跟任何人结下私怨,她为了那无边的、不认识的人的更好生活,踮着那双被残害千年的女性小脚去"刺杀"统治者。

这个女人的伟大程度超越了荆轲。

只不过,后人将这种"刺杀"谓之"革命"。

从荆轲读到秋瑾,方可明白中国的历史与当下。

友　情

应该稍微提一下太子丹的结局。

在荆轲行刺的一年后,秦军大举攻打燕国,燕王喜为了洗刷罪责,保住自己的命,派人斩杀了太子丹,将他的脑袋献给了嬴政。但嬴政并没有罢休,继续进攻,灭了燕国,杀了燕王喜。对于必死的结局,太子丹应该不会惊讶。但他一定会惊讶于父亲的狠心。

我特别关心的是,当太子丹得知荆轲刺秦失败的消息后,心中有没有愧疚。因为,他虽对荆轲拜为上卿,但他对荆轲的疑虑从未消失。荆轲一直在等待一个武艺高强、心有默契的朋友到来,然后一同行事。他却怀疑荆轲反悔了,就刺激荆轲说:"我先派秦舞阳去行刺吧。"荆轲一听,勃然大怒,立刻唱着悲歌出发了。事实证明,秦舞阳不是个合格的搭档,如果有另一个心理素质和荆轲一样强大的人,那么刺杀成功的可能性是极大的。

太子丹和荆轲之间没有信任,因而不能说他们是朋友。

他们之间,是互为工具的关系。

但荆轲有一位伟大的朋友。他不是那位荆轲没等到的朋友,他本是一个极不起眼的角色。

遥想当年,荆轲在燕市饮酒高歌之际,结识了一大群朋友。有田光这样的高人,有屠狗卖肉的小人物,还有一个乐手叫高渐离,他擅长一种叫"筑"的乐器。每当荆轲和朋友们喝醉了,乱吼乱唱的时候,高渐离就击筑助兴。

那个年代没有酒吧,但一样有酒吧的氛围。

在易水河边,荆轲唱着:"风萧萧兮易水寒,壮士一去兮不复还。"高渐离击打着筑,用激越的旋律呼应着朋友的豪迈,并望着朋友孤绝的背影流下了眼泪。

刺秦失败六年后,秦灭六国。嬴政认为,仅以王号不足以显其业,于是称自己为始皇帝。他没有忘记荆轲给他带来的困扰,因此他继续通缉太子丹和荆轲的党羽,这些人四处潜逃,高渐离也更名改姓,隐藏起来,当酒保度日。

有一天,他听到主人家堂上有客人击筑,他听得痴迷了,就评价起弹奏的好坏。主人家知道后,便让他来弹。本来是想羞辱他的,没想到他弹得太好了,大家鼓掌,赏酒给他喝。

这唤醒了高渐离的自尊,他回到房间,把自己的筑和衣装拿出来,穿戴整齐之后,再次来到堂前,满座宾客大吃一惊,赶紧离座行礼,主人家也把他尊为上宾。

他再次击筑而歌。他想到了死去的荆轲,想到了这些年来国破家亡的际遇,心事沉郁,音韵婉转,宾客们感动得流了泪。

这样一来,他的名气迅速传了出去,秦始皇听说后,召他觐见。

秦始皇不会忘记荆轲掏出匕首的那一瞬,但他实在太喜欢高渐离的击筑之音了,不忍杀他,便赦免了他的死罪,熏瞎了他的眼睛,把他留在身边,为自己击筑。

音乐是最能让人亲近的艺术,时间一长,秦始皇的警惕之心慢慢松懈了。但高渐离的心底一直浮现着荆轲易水高歌的样子。他要为朋友报仇。

他收集铅块,放在筑的空膛中,制作了一件隐秘却沉重的兵器。

这天,他弹奏起那首易水悲歌,悲壮的乐曲让秦始皇不由站了起来,在他周围踏着节奏、踱着步。突然,他感到秦始皇距离自己很近了,便迅速抓起筑向秦始皇砸去。可毕竟是眼盲之人,无法判断准确,秦始皇一闪,躲过了这致命一击。

对高渐离来说,只有这一击的机会,不会再有第二击。

这一击,凝聚了多少友情的力量。

细想起来,荆轲并未将同等的友情给予高渐离,否则,他一定会邀高渐离同去刺秦。但是,高渐离用自己的勇气和生命确认了这场友情。

世人都歌颂"高山流水"这种互为知音的友情,但我觉得高渐离对荆轲的这种不对等的友情,更加令人感佩。

伟大的友情,除却物质形式上的不同(如性),其精神实质与爱情是极为相似的。这也是为什么郭沫若的戏剧《高渐离》在很多人看来有着浓重的"耽美"之风。(我读之,总觉得那种叙事的随意、反讽与抒情,有种八十年代先锋小说的感觉。)

为友情而死,往往比为爱情而死更伟大。因为,友情不仅包含着一己的私欲,更包含着对同道中人的那份精神与价值的认同。

所以,高渐离刺秦除却以弱抗暴的高贵精神之外,要比荆轲刺秦更有一种人性的道德感。有了高渐离的刺秦,荆轲刺秦的故事才能算是完整的。

风　水

坐船行驶在易水湖上,阳光强烈,迎面的风也很强烈。心里想着刺秦的暴烈,再望这一方山水,更觉深不可测。近处的山,碧绿清秀,给人桂林漓江的错觉,而远眺太行山脉,那水墨似的蓝雾当中横着层层叠叠的山峦(抗日战争时"五壮士跳崖"的狼牙山就在那里,所谓燕赵多奇士,至今犹然,绝非虚名),令人有荡气回肠之感。南国的妩媚与北国的雄奇就这样并置在了一起。

在古人那里,气是宇宙的本源,风能散气,而水能聚气,聚散辩证,生生不息,故有风水之说。

风水学,逐渐发展成了研究地貌、环境以及方位等等的堪舆之术。

我不懂风水,我也不信谁能说得清风水。尽管这些年经常有人戴着科学的帽子大谈风水,但我总觉得那是格格不入的。风水最迷人的玄妙,恰恰就在于它玄之又玄的那部分,而不在于日用经验能够理解的那部分。

谁能说得清玄妙的事物?玄妙的事物天生就不是让人说清的,而是和一首好诗一样,直接诉诸人的脊椎神经元,让人能够感受却无法理解。

我能感受到易县的风水非同一般。

我的感受并不重要,其实,严格来说,我这是一句废话。易县的好风水早有铁证:雍正皇帝放弃了他父亲康熙选定的遵化县清东陵,另选易县永宁山下作为自己百年后的地方。堪舆考察的结论是:"乾坤聚秀之区,阴阳合会之所,龙穴砂石无美不收,形势理气诸吉咸备,山脉水法条理详明,洵为上吉之壤。"自此以后,以"父东子西,父西子东"的"昭穆之序"建陵,雍正的泰陵、嘉庆的昌陵、道光的慕陵和光绪的崇陵都在这里,其中道光是因为东陵在建的墓穴漏水,他下令改建在了西陵。只有光绪的崇陵被盗(现在可以直接参观地宫),其他的皇帝陵墓都保存完好。自建陵起开始栽种的数百平方公里的古松林至今基本完好,郁郁苍苍,吸纳并散发出清王朝的讯息。

还有一位帝王的陵墓也在西陵。

那就是末代皇帝溥仪,他过世后,先葬于八宝山,后迁于光绪崇陵附近的一座公墓里。巍峨的帝陵和简朴的公墓形成了极为强烈的对比,令人直面一个漫长历史时代的终结。不仅仅是清王朝的终结,更是帝制时代的终结。

让我们再回到刺秦。

荆轲当然知道秦国统一六国的大势是不可能逆转的。他怀刃上路的时候,韩、赵两国已经灭亡,魏、楚两国也危在旦夕。燕是小国,对秦国更是没有抵抗之力的。这个时候,各种连横抗秦已经无用。因此,才有了刺杀这样的举动。刺杀,是至弱者能够反抗的最廉价却最有效的办法,瓦解对方的心脏,以便瘫痪对方的整套体系。

这是一种天真的幻想还是一种理性的推断?

都不重要,这是一种反抗的激情。加缪在《反抗者》中说:"反抗不创造任何东西,表面上看来是否定之物,其实它表现了人身上始终应该捍卫的东西,因而十足地成为肯定之物。"荆轲刺秦,就是在捍卫弱者的尊严,彰显个体的力量。再强大的帝国,在奴役别人的过程中都要面对这样的尊严与力量。任何民族,任何人,只要有这样的尊严与力量存在,便有希望和未来。

秦始皇的统一之功自然不容置疑,他开启了中国历史的新时代,他设定的基本制度绵延了两千一百三十二年。这个制度的最后体现者,居然葬在了荆轲出发的地方。这是一种终结,这是一种开始,这是一种奇妙的衔接,这是一种无法预料的历史轨迹。

这都在易县。

易者,阴阳交替,日月为易。

古有《易经》,无论夏的《连山》、商的《归藏》,还是周的《周易》,都是阐述"变化"的神书。

什么是变化?从荆轲刺秦到溥仪的公墓,就是变化。

我们都置身在宇宙的、人类的、民族的巨大变化当中,却浑然不觉。只是转身一望,便是两千一百三十二年的尺度。

> 那本来可能发生的和已经发生的,指向一个终结。
> 终结永远是现在。
> 足音在记忆中回响,
> 沿着我们不曾走过的那条通道
> 通往我们不曾打开的那扇门。

没有比 T. S. 艾略特《四个四重奏》中的这段诗更符合我此刻的心情了。

让我们推开那扇门。

2016 年 10 月

美若西施

时值盛夏,江南草木繁盛,阳光猛烈,显示着烟雨之外的另一面。从杭州的萧山机场出发,开车往南约一小时,就到了诸暨。这个名字被解读为诸侯驾到之意,给人一种深沉的古意,就像是弹击越王勾践那把剑所发出的回响。

从宾馆的落地窗望出去,诸暨繁荣的城市景观一如杭州。夜幕降临,那满城灯火像是黑暗中四溅的火星。我坐在椅子上读了几页书,不时向外望去,那里似乎深藏着什么。城市已经变得大同小异,所异之处不是那灯火,而是灯火背后的黑暗幕布。那黑暗是不均匀的,一块块的,沙粒状的,似魔法的介质。那里曾经发生过的,如今又在我心底寻求着应和,似乎要在心灵的显影液中把时光剥夺掉的色彩还原出来。

诸暨,是西施的故乡。

西施,被誉为中国最美的女人,搅动着无数人的想象。因为美女海伦,古希腊爆发了特洛伊战争。因为西施,一出美人计才上演得如此成功,使得强弱相替,越国称霸。美女与战争,极端柔美与极端暴烈就这样捆绑在一起。这种模式甚至成了一种性别政治：美丽妖艳的女人成了王朝覆灭的替罪羊。

但是，西施究竟是谁？我望着窗外的黑暗幕布，突然有了这样的疑惑。西施这个词似乎已经完全符号化了。因为符号化，她进入了中国文化的基因，不会再丢失；也是因为符号化，她是谁变得不再重要。她变成了一个因为使用过多而乏味的词，舌头划过这个词，就像蜻蜓点水，几乎没有触及任何跟西施本人有关的信息。

西施消失在西施之中。

来到西施的故乡，能让西施出现在西施之中吗？当然，仅仅只是为我。因为我的词和你的词并不一样。因而，我目睹的出现和你看到的出现也不会相同。

第二天，我去参观西施殿。果然，人们都和我一样，希望西施凌驾于时间之上，永远显现。这是对美的崇拜吗？我觉得，在所有的崇拜中，对美的崇拜是最不功利的，也是最高贵的。世界万物都不能拒绝美，都在尽力去呈现美。

李白在《咏西施》中写："西施越溪女，出自苎萝山。秀色掩今古，荷花羞玉颜。"就在这苎萝山下，曾有西施的家。当西施建立了"战功"（还有更准确的词吗？）之后，这家便成了西施庙。最早的西施庙建于何时，肯定是不可考证的。那也许只是村落中很简陋的一座小屋。随着时间流逝，西施在人们的口耳相传间被逐渐神化，这庙也越来越富丽堂皇。到了唐代，西施庙已经出现在了鱼玄机和李商隐等诗人的笔下。而西施庙不再仅仅是为了纪念，人们开始把西施奉为当地的土谷神，让西施保佑他们年年五谷丰登,西施庙也成了"西施娘娘庙"。中国人喜欢神化名人的文化传统可见一斑。与关羽崇拜不同,对西施的供奉一直局限于当地,并没有进入全国性的"神仙班列"。在大多数人心中,西施依然是一个美人,而不是神仙娘娘。虽然有"美若天仙"这样的比喻,但一个真实的、有血有肉的、具有局限性的人,才是温暖亲切的。

眼前所见到的西施殿,不是宋明时期的西子祠,西子祠已在历史中湮灭。新建的西施殿是1986年奠基的,一直逐步完善,如今景点颇多。大致数来,有门楼、西施殿、古越台、碑廊、红粉池、沉鱼池、先贤阁等处,实则成了古越文化的一个集中的纪念地。虽说是新建的,但很多梁、柱、门、窗、斗拱等都是来自明清旧居的古建筑构件,在细节上颇有可看之处。尤其是那些木雕,刻着的都是一个个历史故事,儒家所谓的"教化"无处不在。

穿过门楼,是满目明媚的荷花,传说西施死后化身为荷花,那这便是她的灵魂之所。在荷塘后边的墙上,写着"耕读传家"四个字,让我觉得有些反讽。这和西施的人生似是相反的。登石阶,走过一座小石桥,就到了西施殿,"西施殿"三个字由画家刘海粟题写。步入殿门,隔断了外边强烈的阳光,待眼睛适应了里边的光线,就看到了坐在浣纱石上的西施塑像。我忽然想到,在此之前我从没见过视觉化的西施形象。这世间早有数不清的西施的画像和电视剧,但我一直无缘得见,所以这确实属于首次。好奇心让我仔细端详起这座西施塑像。

她头戴一顶简单的头冠,肩披大红色披风,身穿蓝色的上衣和黄色的裙袍。她的目光望着高处和远方,似乎陷入了回忆和沉思。她的脸,是中国人对女性美的想象性集合:瓜子脸,蚕眉杏眼,悬胆鼻,樱桃小嘴,并不俗气,总体来看,还有一股英气。来的朋友们看了,都觉得漂亮。还有人说有些像动漫里的卡通美女,那也意味着时尚了。这塑像已经存在了三十多年,看来这三十多年来尽管各种时尚潮流不断,但人们的审美并没有想象中变化那么大。

她的头顶还有一块牌匾,写着"荷花神女"。这是当代人面对西施的尴尬吗?不能叫娘娘了,五谷的事情如今变容易了,也不需要她了,况且,她的形象与五谷之事也很难联系得上。该如何定位她呢?真是难题,只能如此"册封",是神女,而不是女神。相较而言,沿海地区的妈祖信仰就不同了。海上依然是个风险重重的地方,掌管安全的妈祖依然享受着鼎盛的香火。信仰往往是实用的。也好,如果西施那么高高在上,受人朝拜,她的故事就没那么感人了。她注定是弱的、卑微的、可怜的,什么说辞都无法改变她是牺牲品的事实。她本来只是一个乡野的孩子,是她的美照亮了复仇的眼睛。经过各种歌舞、体态的培训后,她被吴王所宠幸。吴王对她的好叹为观止,大兴土木,诛杀忠臣,终于让大厦崩塌。在个人欢悦和国家大义之间,她真的始终站在后者一方吗?人性分明向着前者。吴王自杀之际,她的内心又该是怎样的痛苦?本已到了功成身退之际,可一想到要面对故国故人,她一定慌乱起来:自己能否摆脱妖媚祸国的污名?故国能否容得下自己?

西施的结局,大多人认为是和范蠡共同隐居江湖,安静生活终老。我以前从未去质疑,但我现在面对西施塑像,设身处地去理解她,已经无法相信这个结局。这是童话的结局,从来不属于现实。一查,果然,关于西施之死,有自杀之说,有被吴国人溺死之说,有归国后被越后嫉妒而溺杀之说,其中《墨子》一书关于西施之死的记载是最早的。《墨子·亲士篇》说:"是故比干之殪,其抗也;孟贲之杀,其勇也;西施之沉,其美也;吴起之裂,其事也。"我认为这是最可信的。成于其美,也死于其美,而且死在了越王勾践手中。因为墨子那句话里,与她并列的人,都死在了自己主子手中。这样的结局过于残忍,我们还是和苏东坡一样,更愿意相信那个与情人泛舟五湖的传说。既然中国古代没有什么童话故事,就让西施成为童话的女主角吧。

说起来,诸暨也是传闻中越王勾践卧薪尝胆的地方。这个成语是中国人用于自我激励的高频词汇,但是如果我们聚焦于勾践这个人,恐怕真正喜欢他的人不会多。这个人为了实现目的,不择手段,宣扬的是一种仇恨政治学。他的心在给夫差为奴时就已死去,因此他对他人不再有怀有丝毫悲悯。当他成功复仇之后,不但西施被杀,功劳至高的文种也难逃一死。一个惧怕美的人,一个惧怕美的国家,一定与地狱无异。虽然"美"不可能成为一种政治标准,但是一个懂得美的国家、一种懂得美的政治,也许更能创造一种美好的文明。这种文明的标准与军事力量的强弱无关。就像金灭了北宋,但从文明的角度,一个人生活在北宋自然更能体会到生命的丰富和尊严。因此,这里所说的"美"肯定不包括所谓的"暴力美学",这个从电影批评中诞生的概念永远都不该运用在现实层面。

走出西施殿,看到"忍辱负重""以身许国"这样的牌匾,有种悲哀感。爬上山顶有三层的苎萝亭,极目远望,可以看到浦阳江,江上有座张开臂膀似的大桥。仔细一看,上面写着"浣纱大桥"。当地朋友说,东岸是繁华的暨阳新城,西岸是老城区,浣纱大桥连接两岸,成了诸暨的标志性建筑之一。我凝视着那座桥。如果西施真的是被扔落水底而死,那么她化为自己家乡的一座大桥,就有了引人三叹的意味。

随后,我又参观了相邻的碑廊、名媛馆和珍珠文化馆。名媛馆陈列了中国历代诸多著名的女性人物,参观时,有几位女性朋友觉得这是在消费女性,从而拒绝参观,她们说哪一天中国应该设一个男士馆。展馆内陈列的那些女性人物我其实都耳熟能详,对我个人来说也谈不上消费,能让我深深记住的,反而是这几位女性朋友的态度。这属于当代女性的女性观吧,她们对自己身为女人的身份格外敏感。她们似乎对成为"名媛"不太感兴趣。至于珍珠馆,实则是一消费去处。诸暨盛产珍珠,传说也与西施有关。西施本是嫦娥的掌上明珠,她奉玉帝之命,下凡来拯救吴越两国黎民百姓脱离连年的战乱之苦。因此,西施的出生就跟耶稣一样神奇:"尝母浴帛于溪,明珠射体而孕。"这个传说把西施之功定位在结束战乱上,倒是有着民间的质朴,挺美好的。

珍珠是很美的,美的事物之间理应是相通的。因此,西施是珍珠的化身一点儿也不突兀。我想到的是,这里还盛产画家,可以参见名为《诸暨历代书画家名录》的文章。仅一县之地,出现了那么多高水平的书画家,是有些匪夷所思的。如代表性的大画家有王冕、杨维翰、杨维桢(号铁崖)、陈洪绶(号老莲)等,黄公望也曾在这里的紫阆村隐居绘画。客观而论,诸暨的自然风光和其周围大多数地方一样,其实平平,远没有九寨沟那样的鬼斧神工。但当地的画家们发现美的能力是如此之强,让人看了画就念想着那该是个多好的地方啊。这就是人文和艺术的魅力。不知道西施之美是否启动了那些画家们在视觉艺术上的追求?至少我来这儿,总是在设想西施的美应该是怎样的,如果想得久了,一定也会提笔试着画画的吧?一旦发现了美是可以记录和创造的,那怎么可能收得住手呢?

最后来说说碑廊。这里陈列着从古至今人们对西施的想象和赞美。今人的碑文多一些,还看到了数学家苏步青的字。那些画像也呈现着审美的变迁。唐代的西施自然丰满一些,而到了明代,则变得柔弱很多,尤其是那截极为纤细的脖子,让人为西施捏把汗。忽然也理解了林黛玉的柔弱形象并非是曹雪芹一个人的审美,而是代表着一种倾向。在这些碑里,引人注目的是三块和日本有关的碑。一块是仿刻的日本蚶满寺西施碑,西施坐在小船里,看上去比较丰腴。一块是"日本国宫田雅之刻纸",上书"摹松尾芭蕉诗意"。下面画着西施坐在树下拉琴,线条流转非常灵动,蛾眉显得妖媚,但整体表情有种引而不发的忍耐,实在是写意的精品。第三块碑上刻着日本俳句诗圣松尾芭蕉的诗《象泻》。象泻是日本的一个地方,位于秋田县,当地极为崇拜西施,每年还举办"西施节",评选西施小姐。据说,韩国有"西施浦",新加坡有"西施街",都印证着西施之美在东亚文化中的广泛认同。

《象泻》只有三句:

象泻蒙蒙雨

淋打合欢树上花

楚楚赛西施

原来上一块碑正是对这首诗的视觉表达。这块碑的上方是日文,下方是汉译。那日文用流畅的书法写成,正是三百多年前松尾芭蕉的手迹。

关于西施的古诗,多到数不清,但是大多纠缠于道德层面,品评历史兴亡。若是要形容西施之美,多是华丽辞藻的堆砌。印象中或许只有苏东坡的"欲把西湖比西子,淡妆浓抹总相宜"不落窠臼。他的语义重点似乎是在写西湖,但呈现出来的效果则是西湖与西施两者之美的辉映。这让人的审美一下子迈向了开阔。西施之美向这世界敞开了,像湖水一样壮阔和神秘。不知道松尾芭蕉有没有读过苏东坡的这首名作,但这种艺术的直觉是相似的。蒙蒙细雨淋在合欢花上的声音,要比西施还美！那是一种怎样的美？独自坐在合欢树下，闭上眼睛，静静听那雨打的声音。那无数细微的声调，每一个都是如此不同，却又汇聚在一起，凝聚成一个整体，奔涌到心的湖面上，像是感到了世界的心跳一般。

　　这样抽象的美，是要比那个叫西施的人类美一些。也只美一些。因为总是要记挂着那个西施的美呀！你听，西施之美像空气样的，弥漫在周遭的每一个地方。既然西施无处不在，西施自然也就出现在西施之中了。没有人能穿过时间的深渊，看到真实的西施，但西施对你而言不再是深渊另一侧的幻影，而是这个你所生存的世界里可以体验到的最美的形式。这就是西施之美的极致吧。

2018 年 6 月 28 日

平江诗事

在平江,这个湖南岳阳市下辖的县城,关于杜甫之死的思绪拥塞了我的大脑。

时常听到有人提起诗圣杜甫的死,大家笑,笑罢又叹息。那个伟大的诗人,怎么就饿成了那个样子,竟然连饥饱都分不清了,牛肉好吃,就把自己生生给撑死了?说这些话的人,听这些话的人,自然都是没有经历过饥馑年代的,但他们这样说完全没有嘲笑的意思,恰恰是出自对苦难的一种恐慌式的探测与掩饰。同时他们又觉得,这样的死法的确配得上杜甫那个忧国忧民的形象。就像李白竟然是在醉后捞月的时候溺水而亡,这似乎注定是李白那种浪漫人生无可替代的结局。

在平江反复想到杜甫之死,是因为我完全没有想到在这里会遇到一座杜甫墓祠。了解之后更是惊讶,谁能想到,全国现在竟有八座杜甫墓祠。各种说法让杜甫之死变得更加扑朔迷离。这和安徽当涂那座有定论的李白墓再次形成鲜明对比。杜甫,一个现实主义者,他的死终于让他有了某种超现实主义色彩。

这是为了给他的艰难人生留下一个逃逸的出口吗？

眼前是一面灰墙，前面站着几株绿色火焰似的柏树。入口只有一道窄门，上写：阐幽庵。看来这曾是一座僧舍。走进之后，天井的光垂下来，照亮一座墨绿色的大缸，里边青碧的水应该是积攒多日的雨。继续走，来到一个官厅，几张古老的木椅围成方形。每每看到这样的摆设，我都会想象古人如何坐在那里聊天。他们繁复宽大的衣襟会覆盖和摩擦着椅子，那场面和今天相当不同。墙壁上挂着一个巨大的匾额，上书"学海流长"，是清代嘉庆学者张瓒昭所写。

伟大的诗，最终都会变成学问。艺术是灵动的风，而学问是在叩问和复现风的踪迹。有了踪迹的地图，可以让人们接近风的样态。

难道学问家是捕风者吗？我看是的。这就是我敬重学问家的原因，他们在神秘和现实之间，搭建着桥梁。

诗不但是风，还是高山冰雪，在点滴融化之后，流淌成了学问之河。

不知道张瓒昭写的时候处于何种考虑，但这样的想法，让我对文化与艺术的微妙之处，有所领悟。

从官厅出来就是浣花草堂，草这种质朴的植物，几乎成了杜甫的化身。人们想起杜甫的生活，似乎总不能离开那些寒风中瑟瑟发抖的茅草。跨过草堂的阴影，终于看到了"杜文贞公祠"。这五个字是李锐所写，这位曾经做过毛泽东秘书的学者，正是平江人。平江这个位于湖南、湖北和江西三省交界的小地方,用"人文隆盛"去形容一点也不过分。来杜甫墓祠之前,我先去参观了天岳书院,院门两侧镌刻石联"天经地纬""岳峙渊渟",线条雄浑壮伟,让我印象极深。朋友说这是清代学者李元度所书。天岳书院跟岳麓书院在规制上基本一致,将教学、藏书和祭祀归为整体。天岳书院现在成了平乡县第一中学的一部分,文脉也算是有所延续。

杜文贞公祠里坐着杜甫的塑像,初看似是青石质地,但细看之下,局部有金色,应该是铜像。也许因为长期有烟火供奉,塑像显得有些灰暗。所幸它不是那种彩塑,这种青灰色中透着金属的黄色,在象征意义上,正是属于杜甫的颜色。塑像呈现的杜甫干瘦,法令线明显,神色凝重。他右手端着一本书,眼睛却没看书,而是望着前方,好像还在忧虑。但那眼睛并不畏怯,有种坚定的力量,像是那金属的硬不容回避。我站在塑像面前,感受到了这种硬邦邦的力量,有些感动。我此前很少去感受杜甫内在的力量,注意力多停留在杜诗上,而忽视了那个人,但仔细想来,杜甫的那股韧性都在他的诗里。他不像李白,李白的力量是长啸在外的,他是内敛的,沉吟的,甚至是有些谦卑的。

他头后方的匾额上写着"诗中圣哲"。

虽是瘦弱之躯,却撑得起这四个字。

他的墓就在祠后。

这座墓的形状有些奇特,正面是墓碑,碑两侧是弧形矮墙,像是伸开胳膊来了一个诗意的拥抱。碑后的坟茔被青石覆盖,半圆形的顶上还有一块圆形石珠。两侧的矮墙后有土坡,可以走上去,上边草木丛生,站在杂草中俯视坟茔,那圆顶如同一顶帽子。而那坟茔和后方的土坡之间构成的环形凹陷,又让我想起探测宇宙深处的射电望远镜,杜甫在黑暗的地下还在接收和凝聚着宇宙的神秘诗意吗?

墓前有一个方形的小小水坑,内有清水,说是给杜甫写诗之后洗笔用的,来的人沾沾那水,都会才思泉涌。朋友们大都是写作之人,都笑着蹲身伸手,让清水变成想象中的醍醐。正是初夏,湖湘的阳光猛烈,我感到手臂被清凉给拯救了。这手,理应写出更好的文章。

很快遇到了好文章。一侧廊柱上的楹联写得很好:"与杨孝子共结芳邻,风马云车,应将遗事谭天宝;后屈左徒告终此地,骚才诗圣,竝有休光被汨罗。"杨孝子是邻县浏阳人,生于唐天宝年间,他是个郎中,瘟疫爆发时,为了救人,四处奔走,救人无数,但是自己的父母却染上瘟疫而死。他深感自己不孝,在父母墓附近的池塘自溺了。人们为这个孝子立庙祭祀,称作孝子祠,又称麻衣殿。这上联是很有些湖南人的幽默的,杜甫和杨孝子这两个完全不同却大致生活在同一时期的人,聊聊天宝旧事,就没那么寂寞了。下联是令人暗暗震撼的,杜甫和屈原这两大超级文豪都告终此地,他们的灵魂该怎样护佑这片水土?

撰写这个楹联的是清代学者张岳龄。

在拜谒墓祠之后,我将照片发给考古学的朋友。朋友说墓葬形制不是唐代的,地下还需要勘探。我想,一千多年的时光流转,地面上的形制定然毁损无存,现在看到的是光绪年间重建的。即便这里的确还存留着几个唐代石雕莲花座,也无法有效地证明什么。至于地下勘探,那自然是句玩笑话,谁能为了鉴定墓的真伪就去打扰诗人的休息呢?当地几位学者言之凿凿地说,这一定是杜甫的真墓,列举了许多证据,但都无法打动我。我想,其他的八座杜甫墓,一定也会有它们的证据。但这其中一定没有铁证,因为如果有铁证,便不会存在八座墓祠。

但是,我又越来越愿意相信:平江这座杜甫墓祠,是大诗人的真正归宿。因为紧挨着墓祠的是一个诗社——铁瓶诗社。

对诗人来说,这世间还有比诗歌本身更好的魂器吗?更何况,在诗社的另一侧,居然有一所小学,孩子们的笑声随着风传来,那笑声跟唐朝的孩子们发出的,一定一模一样。诗和孩子们的笑声具有某种同质性,它们可以超越时间,甚至可以创造未来。

光看"铁瓶诗社"这个名字我以为是当代成立的,但了解之下,发现是清末成立的。门墙的牌子上写着:"铁瓶诗社,清光绪十一年(1885)由平江著名文人李元度(官布政使)张岳龄(官按察使)倡导并捐资修建,是文人骚客谈诗论赋泼墨挥毫之所。因诗社未完工张岳龄病逝,故用其名号'铁瓶道人'命名'铁瓶诗社',以作纪念。"

我忽然想起了天岳书院的书法，以及杜甫墓祠的楹联，不就是这两个人吗？连日来行走看到的历史讯息，终于对上号了！

古代诗人大多都有官宦身份，但在这一县之地，竟有两个这等不凡之人，而且居然还都是"省部级"官员，不免令人好奇。

走进古旧的诗社，在阴暗的光线中，我看到了李元度的头像。他的眼睛窄小，表情严峻，总体上给人阴郁的印象。看他的简介，这个人确实不简单。他字次青，又字笏庭，自号天岳山樵，晚年改号，叫超然老人。生于道光元年（1821），4岁丧父，18岁中秀才，23岁以举人身份到黔阳县当教谕。光绪十三年（1887），他升任贵州布政使，同年病逝任内。最让人惊叹的是他的著述之多：有《国朝先正事略》60卷、《天岳山馆文钞》40卷、《天岳山馆诗集》12卷、《四书广义》64卷、《国朝彤史略》10卷、《名贤遗事录》2卷、《南岳志》26卷等。还主纂同治《平江县志》《湖南通志》。他并非隐士，如何在晚清的乱局中写下如此多的文字？他的著述大多与湖南相关，又如何在生命的最后时段成了贵州的布政使？这些简介中没有提到的，应该才是这个人生命中最关键的地方。

这里对"铁瓶道人"张岳龄的简介似乎有些少，说他在外为官多年，十分关心家乡建设，正是他在县城东南黄土仑购地数百亩，捐资改建天岳书院，并资助修建藏书楼，购买书籍数千卷，供学子们选读。他学识渊博，工于诗词，著有《铁瓶诗钞》12卷、《铁瓶东游草》等。还有一点让我记忆深刻:原来他就是考证出杜甫墓在平江的第一人。《唐书》中有元稹撰写的《杜甫墓系铭》,说杜甫迁葬到了偃师。张岳龄对此进行实地考察,亲自跑到偃师、巩县,却没发现杜甫的墓,就写了篇文章:《杜工部墓辨》,称元稹之文不足信,认定杜墓在平江。随后,他与李元度等人集资修复了杜子祠,也就是我们目前看到的这座。仅凭此一点,这座杜甫墓祠恐怕就是独一无二的:文人学者的考证,成了这座墓祠的一部分。它超越了物质,是文化的见证。

因此,杜甫墓祠、天岳书院和铁瓶诗社,平江这些最重要的历史文化遗产,可以说都是这两个人留下的。

平江山多,几乎四面环山,参观诗社后,我先后花了两天时间,陆续去了幕阜山、石牛寨、福寿山。一个在北、一个在西、一个在南,从这山去那山,全是很远的曲折的山路,坐在车里忽左忽右,在密不透风的绿林里穿梭,头脑变得越来越昏沉。随行的这帮朋友居然都身强体壮,没有晕车呕吐的。但我的肠胃不时发出"受够了,要吐了"的警告,我只能转移思绪。最终,身体一直停留在那样的临界状态,没有崩溃。对于身体的挑战,在石牛寨时达到了顶峰。在石牛寨的美人峰与大矛寨的绝壁之间,建了一座长达三百米的玻璃桥。听闻美国卡罗拉多大峡谷有座全透明的玻璃桥,人走在上边会两腿发软,没想到在平江遇见了类似的桥。那天运气好,飘了一阵蒙蒙细雨,因而桥的透明度大打折扣,走在上边,下方的万丈深渊被水雾遮挡了许多,不至于吓到腿发软。但也看到一名女子在桥头尖叫着不肯往前走,身边的男士试图背她,女子使劲拍打着男士的背,说:"那有什么区别?"这句话让我笑了很久。

最好的学问,是不是就像这玻璃桥一般,可以让人无遮无拦地看到诗?

那夜,夜宿幕阜山顶的宾馆。在宾馆的会议厅里,当地朋友请来了一位道长,给我们演奏了一曲尺八。尺八本来是盛唐最流行的一种乐器,却在中国失传了,多亏日本人将这种乐器保留了下来。我第一次知道它,是在卞之琳的诗里。那首诗就叫《尺八》:"长安丸载来的海西客,夜半听楼下醉汉的尺八。"这首诗写京都,我一直在想,那是一种怎样的声音?那声音对我们来说,吹动的是多深的乡愁?如今,亲耳听到现场的尺八之声,空气的奇特颤动钻入耳朵,使我的脊背一阵发麻。在一段悠扬平缓的音调过后,总有一声长叹似的猛烈震颤发出,气势忽然飙升,让四面的聆听之心战栗。

那是回荡在盛唐夜空中的声音,和杜甫的诗歌一起,氤氲成了一种关于盛唐的乡愁。那是日本的乡愁,是李元度和张岳龄的乡愁,那是卞之琳的乡愁,那是我们的乡愁。

那乡愁究竟包含着多少种意蕴?

一个人回到房间,想到李元度和张岳龄的身影,又去研究。不出所料,晚清那段精彩的历史喷薄而出。

原来,这两人都是在镇压太平军期间,开始施展起人生的抱负。两个人起事后,都是先投奔在曾国藩麾下,但两个人的命运大为不同。张岳龄先是跟着曾国藩踏实苦干,后来又跟着左宗棠,一直到左宗棠收复新疆,他都鞍前马后,忠心耿耿,自然他仕途顺遂,被赐策勇巴图鲁、荣禄大夫,从一品。但李元度便是坎坷一生了。他的才华要远在张岳龄之上,但也因此恃才傲物。他在曾国藩兵败要自杀之时,作为心腹幕僚救下了曾。曾国藩感念他,说:"与次青约成婚姻,以申永好。"但直到曾国藩死后,曾国藩之孙曾广铨与李元度之女方才成亲。这不是因为别的,而是因为他们交恶了很长一段时间。

那是咸丰十年,太平军围攻徽州,李元度站出来主动请缨,曾国藩犹豫了一下,还是准了。可没想到仅仅一天一夜之后,李元度就兵败如山。李元度因为羞愤,逃出后居然没有回中军大营,却去往浙江衢州、江西广信等处,后来投奔在了浙江巡抚王有龄麾下。在曾国藩看来,这一系列的事情都是不可原谅的:李元度没有贯彻他要求坚守的战略,贸然出击,导致大败,而且贪生逃跑,又投奔别的主子。曾国藩本以为李元度战死了,不免伤感,但知道情况之后,开始一而再、再而三地上奏弹劾他。幸亏有左宗棠、沈葆桢、李鸿章等人联名奏保,他才幸免被充军的命运。他回到平江故里,开始著书立说。

曾国藩打下金陵、太平天国覆灭后,曾国藩加官晋爵,位极人臣。这时,到了重新评估过去的时刻,他的心态也有了变化。他念起了李元度这个旧友曾经的功劳,以及过人的文才。他反躬自省,认为李元度的战败跟自己作为主将的用人不当大有关系。他在给皇帝的密奏里写道:"又谓昔年患难与共之人,惟李元度独抱向隅之感。"此前,他三次弹劾李元度,因此只能说:"李元度屡经臣处参劾,未便再由臣处保荐,应如何酌量录用之处,出自圣主鸿裁。"皇帝让左宗棠复查,虽无结果,但正是这道奏折,让李元度对曾国藩的怨气全消。

自此,两人恢复了通信。

曾国藩知道了李元度正在书写巨著《国朝先正事略》一书。这是一部关于清朝人物的传记品评之书,分名臣、名儒、经学、文苑、遗逸、循良、孝义七门,所涉及传主有五百人之多。曾国藩对郭嵩焘说:"同时辈流中无此巨制,必可风行海内,传之不朽。"李元度投桃报李,顺势邀请曾国藩为书作序。曾国藩欣然应允,在序中写道:"次青提兵四省,屡蹶仍振,所谓贞固者非耶?发愤著书,鸿编立就,亦云勇猛矣。"人们常常传言曾国藩将"屡战屡败"改为"屡败屡战",却在曾国藩文集中找不到出处,其实是在这里:"屡蹶仍振"。

数年后,贵州发生民变。贵州巡抚张亮基无人可用,想到李元度正值壮年,便有意请他出山。可李元度正全身心投入在著述之中,迟迟没有回音。张亮基只得通过曾国藩去劝说。曾国藩对李元度一直愧疚,身边跟自己打天下的兄弟哪一个现在不是高官厚禄,而李元度却是一介布衣,隐居乡间。因此他便劝说李元度出山,李元度听"恩师"的话,入黔后自领一军。李元度曾经面对太平军大败,但对付这些地方小型叛乱,他还是绰绰有余。他屡战屡胜,连克叛军村寨九百余座,战功卓著。这样一来,李元度终于迎来了不错的晚景,官至云南按察使、贵州布政使等职。

同治十一年,李元度五十一岁。他和曾国藩已经有十三年没见过面。他在诗中写道:"一别十三载,相思欲断肠。"他决定去看望自己的这位恩师。曾国藩心中应该也是兴奋的,两个人很快约好了行程。李元度收拾行囊,准备启程,没想到忽然有噩耗传来:二月初四,曾国藩在南京病逝。这对李元度来说,犹如地动山摇,打击是非常大的。那么多年的复杂积怨与深厚情谊,眼看就要在面对面的把酒言欢中升华成人生的巅峰体验,却一下子失重了、落空了,那是一种被抽空了生命内质的崩塌。他一连作《哭师》组诗,五律十二首,回望过往,痛悔自身。

> 追随忧患日,生死笑谈中。
> 末路时多故,前期我负公。
> 雷霆与雨露,一例是春风。

他写明了"前期我负公",而曾国藩对于自己的弹劾,则和恩泽一样,也是一种教诲,如春风的温暖铭记在他的心底。他为曾国藩还撰写了挽联,对于这个"诸侯王"式的人物做出了历史性的高度评价:

> 是衡岳洞庭间气所钟,为将为相为侯,自吾乡蒋安阳后,历三唐两宋迄元明,二千年仅见。

与希文君实易名同典，立功立言立德，计昭代汤睢州外，较诸城大兴暨曹杜，一个臣独隆。

这已经到了无以复加的高度，曾国藩若知道，肯定会欣慰地说："还是次青懂我。"

《哭师》最后一首的最后两句是："程门今已矣，立雪再生来。"读后更是让人吁叹。李元度在情感上已经彻底折服于曾国藩，希望来生还能做他的学生。他死后，曾国藩后人将他附祀在了长沙的曾文正公祠。也许，这正是他的遗愿。

在这场友情中，最让我感动的是古人自省的情怀。这种情怀与他们极高的人文素养很有关系。他们都能带兵打仗，也能提笔为文，是武将，也是文人，因此他们对于他人和自我有着微妙的体认。李元度和曾国藩一开始是莫逆之交，让他们在心底深处对对方念念不忘的，其实还是他们彼此间的真诚欣赏。随着时间和世事的缓缓展开，李元度理解了曾国藩是鲲鹏式的改变历史走向的大人物，写下"嗟我昔从公，中蹶良自作。未逐鲲溟化，甘同鲋辙涸"这样的诗句；曾国藩也在李元度的发奋著述中，确认了后者是超出同辈人的文化大才，想到因为自己用人失当，又再三弹劾了他，让李元度半生痛苦，曾国藩内心极为愧疚。

这段往事，让我睡意全无。我走出宾馆，来到近旁的山顶崖边。虫鸣和树影像是历史的面纱，我望不到内部的风景。我意识到，李元度在平江的这段岁月极为关键，狂傲的他在这里关起门做学问,一心品评同时代的人物得失,其实是出自内心的一种复杂情愫。他必须对曾国藩、对自己在一个大尺度下有所判断。他在品评、判断别人的时候,其实都是在品评和判断自己。在这个过程中,他做出了自己的判断。因而他后来能以谦卑之心面对曾国藩,反复悔悟自己的"辜负",这种悔悟与曾国藩的歉疚应和在了一起,在两个人内心细腻的思虑和反复的激荡下,情感的扭结终于解开了缠绕,迎来了清朗。

这其中有种诗与史的辩证。

因为诗的存在和见证,历史的细节才变得如此动人。那些动人的细节正是人之为人的尊严所在。扪心自省,他们相较我们,有着更多的"诗",因而他们有着更为完整(与正确无关)的人格。对于自己的人生,对于他人的情谊,他们有着更为明晰的道德判断。他们作为一个人面对世界之际,是彻底敞开自我的。他们对世界和自我的理解并没有像我们这样脱节,而是犹如这周遭的虫鸣和树影,是浑然一体的。

这确实值得今人追慕。

我闭上眼睛,在冥想中回到了铁瓶诗社。

李元度得知曾国藩的噩耗后,坐在那晦暗的房间内,透过窗户,望见杜甫的墓碑。那是一个黄昏,刚刚下过雨,灰色的墓碑被雨淋湿后,呈现出一种深沉的黑色。他方才在下雨之际哭过好多次,仿佛是外面的雨淋在了自己脸上。他的心感到的不是疼痛,而是一种巨大的落寞,他抚摸着手边刚刚印好的自己写的书,忽然感到空虚,好像没有了那个人的目光扫过,这些文字便失去了意义。在泪眼蒙眬之际,一只夜鸟啼叫着,飞落在了杜甫坟茔的正上方,那黑色的剪影仿佛是那半圆的一部分,是焊上去的,如同一件完美的艺术品。他有些无奈地想到,自己所能做的,其实就和那坟茔的主人一样:提起笔来,写下自己的痛苦。总会有人看到自己此刻的痛苦,就像他时常在这里望着杜甫墓祠,品读杜诗一般。于是,他犹豫着,在纸上写下了"哭师"二字。

2018 年 6 月 30 日

鲁迅的目光

一

一个人一生总要做很多梦,但能记得的屈指可数。关于鲁迅先生,我竟然梦见过他,而且还相当真切,仿佛实有其事。那个时刻、那个空间乃至那个遥远的自己,都因了那个梦而成了心底坚不可摧的存在。

因为虚无的梦而确证了现实的存在,这样的情况一定是不多见的。

那时的我,是西北一座边陲小城里的中学生,爱好文学,却立志成为一名科学家,床侧的墙上挂着的是爱因斯坦的画像。每天睡前,我都会读一会儿文学作品。那天午饭后,我躺在床上读鲁迅先生的《野草》。我最先读了《雪》那篇,立刻被深深地触动了。青海高原寒冷多变的气候,让我见识过各种各样的雪,先生作为一个生于江南的人,在写了江南艳丽的春雪以及充满童趣的雪人之后,竟然用了一个"但是"写到了"朔方"——那大西北苦寒之地的代称——的雪:

但是,朔方的雪花在纷飞之后,却永远如粉,如沙,他们决不粘连,撒在屋上,地上,枯草上,就是这样。屋上的雪是早已就有消化了的,因为屋里居人的火的温热。别的,在晴天之下,旋风忽来,便蓬勃地奋飞,在日光中灿灿地生光,如包藏火焰的大雾,旋转而且升腾,弥漫太空,使太空旋转而且升腾地闪烁。

在无边的旷野上,在凛冽的天宇下,闪闪地旋转升腾着的是雨的精魂……

是的,那是孤独的雪,是死掉的雨,是雨的精魂。

如粉,如沙,和黄土一样性质的雪,在西北的高原随处可见。春天到来的时候,完全没有和风细雨,而是黄沙飞扬、寒风嚎叫的吓人景象。这时候如果下雪,就不再是冬季洁白的鹅毛大雪,而是跟黄土搅拌在一起的绝不粘连的沙状粉末。

先生从未到过边疆,却在想象中将那朔方之雪真实写下。就在我感慨先生能够用文字呈现遥远的真实之际,却看到了那寒风中的雪沫竟然如同包藏火焰的大雾,升入太空而且旋转、闪烁,我被震撼到无以复加。我仿佛独自置身在宇宙的荒原中央,看见星云的爆炸与生成、恒星的旋转与炽烈。在无限宏阔中,那雪,原来是雨的精魂,是艰难而死的微小之水,是生命的基本分子构成,这让我从震撼中陡然间进入了感动。

这么短的一篇文章,读完它连十分钟都不需要,却让我经历了这样一段上天入地的精神旅程,因此,在我睡着之后,便梦见了先生。

我的房间很小,兼具卧室和书房的功能,先生就坐在我平时坐的椅子上。他用和煦的目光看着我,我就躺在床上,一动也不能动,也没有动的意念,仿佛被那目光完全笼罩了。我也盯着先生仔细看了,他虽然消瘦,但面色是红润的,他的胡子经过了精心的修饰,每根都是那么清晰可见,构成了有棱有角的整体。在这样的对视中,我们好像是认识了很久的朋友。等我醒来之后,才发现这是个梦,但难以置信的是,除了椅子上空空的没有先生之外,房间的其他景象乃至细节,跟梦中看到的完全一样,那书和笔的摆放连角度都是一样的。仿佛先生真的来过,然后安静地走了。

也许,这是一个很神秘的梦;也许,这个梦一点也不神秘,完全可以进行理性的分析,比如那是出自大脑的记忆,从而把它解构掉。但无论如何,先生给我心中带来的温情变成了我真实记忆的一部分。即便我日后不写作,没有做一个所谓的作家,这个梦依然会持久地用温情安慰着我的生命。有时候我也会想,在梦中怎么就没想着跟先生请教些什么呢?哪怕随便聊些什么都好。但是转念一想,这已经足够了。就像先生自己说的,在沉默的时候,我们感到充实,而一旦话说出口了,我们便会感到空虚。因此,我们面对面什么也没说,反倒如此充实,像是什么都说了。

当时在课文里学到的鲁迅先生,是一个横眉冷对、充满愤怒的人,但是他来到我的梦里,却是那样一个温厚慈祥的人。我相信梦里的那个他才是真实的他。我并不迷信梦,我只是相信那个梦代表了我阅读先生的文字之后,出自精神和灵魂的最真实的感受。

从此,我心底永远有了鲁迅先生那和煦的目光,仿佛得到了一位长辈的默默鼓励,就像是我的祖父对我的期望与鼓励一般。有一回,我从祖父那里看到了一本丢了封面、黑黄色发脆的竖排本老书,我小心翼翼翻开目录,看到鲁迅的名字赫然在列。

"这是什么书?"我问祖父。

"这是我的高小课本。"祖父捋捋他下巴上的白胡子,他那会儿已经九十岁了,看上去和寿星公的形象没有两样。

祖父还保留了那个古旧的说法,所谓"高小"就是指五六年级。我对此感到难以置信,谁能想到,比我整整大六十岁的祖父在上小学的时候,就已经在学鲁迅先生的文章了呢?而且,鲁迅入选的文章之多,也让我目瞪口呆,竟有五六篇,远远超过了我初中时的语文课本。我留意到,那篇我极为喜爱的《雪》也在其中。

根据祖父的年纪推算,那本书应该出版于1934年左右,那个时候,鲁迅先生还在世(先生逝世于1936年10月19日)。如果我的祖父当时去了上海,没准就可以见到先生,亲眼看到先生那和煦的目光。我对祖父说了我的设想,祖父感慨了句:

"鲁迅啊……"然后便望着窗外陷入了沉思,我不想打扰他,默默走开了。

我再次感慨起我的那个从未与人分享过的梦,竟然让我隔着太平洋般宽阔的六十年时间,那样真切地看到了鲁迅先生和煦的目光,这真的是一种奇迹,是文学、语言以及生命本身的奇迹。从我的祖父、我的父亲到我,已经有三代人在鲁迅先生的目光注视下成长起来乃至完成了生命的进程(祖父已经过世),我相信我的孩子还会继续在先生目光的注视下成长。因此,我感到先生的目光如同基因一般,已经是自己生命的一部分了。我该如何辨析他之于我的存在?就像我们通过所见之物来逆推目光的起源,这是可能的吗?

我忽然很想提出一组问题:

一个人对另一个人的影响是如何发生的?一个作家对另一个作家的影响是如何发生的?一个作家对另一个人的影响是如何发生的?另一个人对一个作家的影响是如何发生的?

犹如天问。

二

关于鲁迅先生的研究著作已经汗牛充栋,成为一门专业化的学问,愚钝如我,想说出一点新的看法基本上是不可能的。正如我之前所说,我是通过阅读《野草》初步见识了鲁迅先生的文学世界,也许这构成了我自身文学启蒙的开端,那是一种不确定的、充满元气的、诡秘而又混沌的开端。多年以后,当我读到汪晖先生的《反抗绝望》之后,看到他从鲁迅先生的《野草》中可以解读出那样一个瑰丽深邃而又复杂黑暗的哲学世界,我大感惊异。

我在这里倒是想谈谈鲁迅先生唯一的散文集《朝花夕拾》,这是他最平易散淡的文章,我可能还是想望着他和煦的目光,跟他聊聊天。

先生在《朝花夕拾》中,深情回忆了自己从幼年到青年时期见证的人、事以及历史,不仅是记录自己生命的历程,更是为了一个更大的目的,那就是从切身的体验里边,批判传统文化中那些蒙昧的、扼制人性的东西,并从普通人那里发掘出光和热。因此,这些文章不只是现代散文的典范,而且是他用独特的目光审视世界的启示录。

在开篇《小引》中,先生说:"我常想在纷扰中寻出一点闲静来,然而委实不容易。目前是这么离奇,心里是这么芜杂。"时代的风云和自己的心情总是息息相关,离奇与芜杂是乱世的特征,因此,想在回忆中努力寻找不可多得的闲适,但并非为了闲适本身,而是借此梳理自己的生命。先生不迷恋过去,甚至质疑回忆本身,他说:"我有一时,曾经屡次忆起儿时在故乡所吃的蔬果:菱角、罗汉豆、茭白、香瓜。凡这些,都是极其鲜美可口的;都曾是使我思乡的蛊惑。后来,我在久别之后尝到了,也不过如此;惟独在记忆上,还有旧来的意味存留。它们也许要哄骗我一生,使我时时反顾。"这是表达着对于回忆的警惕,人总是对往事充满温情,但其中极有可能有自我欺骗的成分。先生袒露自己的真诚,于此可见一斑。因此,我在鲁迅先生这里深深体会到,真诚是写作的前提,真诚地面对世界和自己,不欺人,也不自欺,这比具体的技巧更加重要。

当然,真诚是很难的一件事情。人是很难面对真实的自己的。不仅仅因为"文过饰非"是人性的虚荣,还因为在潜意识里真实的信息便已经被毫无觉察地修改了。那么,真诚需要的便不只是勇气,还有智慧、悟性和洞察力。否则那种人云亦云的真诚,是最令人无奈、尴尬和痛惜的。

在《父亲的病》里,先生回忆自己小时候受衍太太这样一般人观念的影响,也难突破自己心底传统伦理道德的约束,不能让父亲平和地离开人间,这部分描写是极为揪心的:

> 父亲的喘气颇长久,连我也听得很吃力,然而谁也不能帮助他。我有时竟至于电光一闪似的想道:"还是快一点喘完了罢……"立刻觉得这思想就不该,就是犯了罪;但同时又觉得这思想实在是正当的,我很爱我的父亲。便是现在,也还是这样想。
>
> 早晨,住在一门里的衍太太进来了。她是一个精通礼节的妇人,说我们不应该空等着。于是给他换衣服;又将纸锭和一种什么《高王经》烧成灰,用纸包了给他捏在拳头里……。

"叫呀,你父亲要断气了。快叫呀!"衍太太说。

"父亲!父亲!"我就叫起来。

"大声!他听不见。还不快叫?!"

"父亲!!!父亲!!!"

他已经平静下去的脸,忽然紧张了,将眼微微一睁,仿佛有一些苦痛。

"叫呀!快叫呀!"她催促说。

"父亲!!!"

"什么呢?……不要嚷。……不……。"他低低地说,又较急地喘着气,好一会,这才复了原状,平静下去了。

"父亲!!!"我还叫他,一直到他咽了气。

我现在还听到那时的自己的这声音,每听到时,就觉得这却是我对于父亲的最大的错处。

先生对于自己内心的活动没有丝毫矫饰,他对自己的剖析、辩难与忏悔也是丝毫不留情面的。把这样私密的心绪公之于众,在那样的时代需要极大的勇气。

再来看看《二十四孝图》一文,里边流淌着非常强烈的愤慨情绪:"只要对于白话来加以谋害者,都应该灭亡!"这句话多次出现,如交响乐的鼓点重击,表达了先生的极端愤怒。他以"老莱娱亲"和"郭巨埋儿"为例,写了传统文化中可怕的荒谬与不人道:孩子知道自己要被父母活埋了还要喜笑颜开逗笑父母。先生写道:"我想,事情虽然未必实现,但我从此总怕听到我的父母愁穷,怕看见我的白发的祖母,总觉得她是和我不两立,至少,也是一个和我的生命有些妨碍的人。后来这印象日见其淡了,但总有一些留遗,一直到她去世——这大概是送给《二十四孝图》的儒者所万料不到的罢。"先生让我们真切地意识到,白话文运动并非只是一种语言方式的转换,而是一种文化、观念、思想乃至生存的根本变革,是挣脱传统的枷锁、步入现代的一场抉择。这让他的愤怒有了深厚的思想根基,而不只是一种简单的情绪宣泄。因此,我还是想再感慨一次:真诚最终要落脚到思想的深度上来,那种人云亦云的聒噪,只会显得浅薄,甚至沦为帮凶。

我一直觉得鲁迅先生是个拥有和煦目光的长者,就是来自这种感觉,他横眉冷对的巨大火气不是出自他天生的性情,而是出自历史与时代的紧张和激烈。他洞察到了历史进程中涌动着的疯狂燃烧的火山熔岩,他孱弱而敏感的身体被灼烧着,如沸水的煎熬,完全无法承受。他的呐喊与其说是怒吼,不如说是疼痛的呻吟。只是他耻于哀吟,他要大声地嚎叫,他以伤口迎击疼痛,他要让那团深不见底的黑暗振聋发聩。

那淤积在历史地层上的高密度黑暗,也淤积在他的心间。

因此,《朝花夕拾》不仅是用文字显影了一些记忆里的人物,更是要清理那淤积的历史血管,清理那溃败扭曲的世道人心。每篇文章在人物出场之前,先生总会勾勒当时的时代背景,而后交织成一张绵密的信息之网,人物在这样的环境下出场,便注定了是立体的人,有深度的人。无论是《范爱农》涉及的辛亥革命,还是《藤野先生》涉及的日俄战争,莫不是如此。

看看《范爱农》中写出的历史时刻:

> "老迅,我们今天不喝酒了。我要去看看光复的绍兴。我们同去。"
>
> 我们便到街上去走了一通,满眼是白旗。然而貌虽如此,内骨子是依旧的,因为还是几个旧乡绅所组织的军政府。

寥寥数笔,就将当时的历史场景还原出来,并暗含着深刻的洞察力。在这篇文章中,先生以自己和范爱农一起办学校又失败的事情,写出人在乱世的可悲命运:渴望革命,渴望巨变,但在巨大的历史惯性中,革命的力量看上去是摧枯拉朽的,现实生活的改变依然是缓慢的,渺小的个人怎么能不彷徨和悲凉呢?那无力承受者的结局只能是极为凄惨的。比如范爱农的死"是在菱荡里找到的,直立着",这个细节让人心惊。"直立着"意味着非正常的死亡,也意味着某种巨大的痛苦与不甘。

他写下那三个字的时候,一定怀着揪心之痛。

先生总是以自己的心去触摸历史,从不站在空虚的概念上。在《五猖会》中,一件小事就让我们感受到了先生的温度。小时候,他想去五猖会玩,但父亲非要让他背过《鉴略》才能

去。在他看来,那是一本无趣的古书。可为了出去玩,他终于背过了,但他去玩的时候却高兴不起来:

> 大家同时活动起来,脸上都露出笑容,向河埠走去。工人将我高高地抱起,仿佛在祝贺我的成功一般,快步走在最前头。
> 我却并没有他们那么高兴。开船以后,水路中的风景,盒子里的点心,以及到了东关的五猖会的热闹,对于我似乎都没有什么大意思。
> 直到现在,别的完全忘却,不留一点痕迹了,只有背诵《鉴略》这一段,却还分明如昨日事。
> 我至今一想起,还诧异我的父亲何以要在那时候叫我来背书。

"诧异"一词,照亮了先生过去的心绪。他书写那段小小的个人历史,表达的依然是对历史文化的忧思。父亲那样一个出自文化无意识的"命令",让童年的"我"特别不快乐,这是为什么呢?童年是一个人最单纯最无邪的时刻,能让童年的"我"忘记了五猖会的快乐而记住了父亲无理的命令,毫无疑问,这是一种创伤记忆。因此,那传统文化对源初之人性、对自由之童心的压抑和损害,是先生的切肤之痛。从来都没有空洞的历史,只有承载了历史记忆的具体个人。先生对许多人和事的批评不留情面,他洞见了那历史中残存的阴影,他从来没有置身事外,他手持利刃,向我们自剖了他的受伤的内部。他知道自己也已被那阴影感染,自己只不过是"历史的中间物",是扛起黑暗闸门放青年人到光明里去的牺牲者。他也意识到了自己的终极命运,便是要与那黑暗同归于尽。因此,先生的精神底色是大悲凉的,每念及此,我都会感到一种切肤之痛,从而隐约触摸到他的大悲悯。只有理解了鲁迅先生的大悲凉和他的大悲悯,才能洞察我们的来路,才能寻找我们今天与未来的去路。

三

无论读了先生多少文章,我还是有一种忍不住的冲动要问:鲁迅究竟是谁?他是个什么样的人?

如果是一个当代中国人这样发问,要不被视为文盲,要不就是如我一般别有思虑。但如果是一个外国人这样发问呢?我们应该怎样跨越文化语境的障碍,去告诉对方鲁迅究竟是谁?也许对有些人来说这是很容易回答的,但是对我来说,这个问题是很难回答的,而且还越来越难回答。因为我所置身的文学场每年都会有关于鲁迅的种种争论,那些纠缠不清的话语如同浓雾升起,有时令我深受启发,仿佛发现了先生思想的新的可能性,但有时——也许是大多时候,令我陷入了某种自我质疑当中:我是不是对先生的理解有误?我是不是特别浅薄，以至于失去了阐释鲁迅的权利？

在网络空间里，还可以看到各式各样的民间表达，甚至不乏彻底否定鲁迅的言论，两个熟读鲁迅的人都想用鲁迅的话批倒对方，鲁迅变成了一件话语的兵器，这实在是非常荒诞的文化景观。因此，学者王富仁说了一句很中肯的话："在当下多元化的视野里，我们失落了一个具有相对确定性的鲁迅。"鲁迅作为作家自然注定是文化意义上的鲁迅，是可供阐释的鲁迅，但是，如果偏移太远，失去了"相对确定性"，实则面临着意义失效的困境。

我不能忘记汪晖先生阐释的鲁迅，那个幽深精微的哲人形象，将鲁迅的内在复杂性充分敞开。我也不能忘记钱理群先生阐述的鲁迅，鲁迅在他那里是一个有着滚烫灵魂的精神导师。钱先生是北大教授，却一直在跨越学术的门槛，向全社会、向年轻人乃至中学生阐述鲁迅，满怀着类似传教的信仰与热情，这让我对他有种发自心底的尊重。他们的研究与阐释至少构成了我个人对于鲁迅理解的重要基石。他们自然是在"相对确定性"的范畴之内锻造出的精神铁锚。

而我在这里想特别谈谈阎晶明先生阐释的鲁迅，他在近年的许多文章中，尤其是《鲁迅还在》一书中，以极为日常的视角用鲁迅及其同时代人的著述文字互相印证，还原鲁迅先生"相对确定性"的生活细节。文章涉及鲁迅的烟酒习惯、居住环境、纪念逝者、友谊、疾病等等，切口似乎很小，却是我们每个人都会遭遇到的生命事件，这让我们阅读之际，便有了一种与己有关的心境,鲁迅先生的看法也有了融入我们生命中的可能。因为我本人作为作家一直处于写作、现实与生活这三者的复杂纠缠之中,所以对于鲁迅先生的这些生活细节极为感兴趣。我所面临的一切境遇在先生那里是怎样的?他如何在日常生活中生出精神的根须与艺术的枝丫?这对一个作家来说其实是更加本质的生命困惑。

不可讳言,先生的作品总有一种思想与情感上的沉重感,即便他对这人世满怀深沉的热爱,但爱之深,责之愈切,他的心情难免被黑暗所淤塞,他还能有多少快乐呢?阎晶明先生让我们看到了鲁迅先生的生命中亦如常人般有诸多欢喜的时刻,这对热爱他的人——如我——是一种极大的安慰。比如,《鲁迅还在》中提到鲁迅先生只醉过为数不多的几次,他喜欢的是临界状态下的微醺。他喝到好酒之后如此赞叹:

"如身在雨后的田野里一般。"

多么诗意!

但鲁迅之为鲁迅,就在于他会将问题引向一个深远的境界。他有过喝酒的乐趣,但他小说中的人喝酒,都是借酒浇愁,喝的是苦酒。在《孤独者》《在酒楼上》《孔乙己》等名篇中,喝酒几乎成了一个不可缺少的意象。那么,我不免觉得就是在那"如身在雨后的田野里一般"的微醺状态下,先生心底的沉重也如夜航三峡似的,山峦那突兀压抑的影子挥之不去。更别说抽烟这回事,他得了肺病都戒不掉烟,直至捏着烟卷离开了人世,这烟卷何尝不是一种无望的焦虑、一种聊胜于无的慰藉。这让先生把巨大的希望放在青年人身上。先生多次帮年轻人推荐文稿,鼓励他们写作,他说:"青年肯来访问我,很使我喜欢。"但他对自己永远是心存疑虑的,因此又说:"这人如果以我为是,我便发生一种悲哀,怕他要陷入我一类的命运。"文学新人想辞职专事写作,先生也劝:"其实以文笔作生活,是世上最苦的职业。"他的这些矛盾心情,都是来自真诚的爱护,但是现实太残酷,让这种爱的话语陷入了悖论。

作家的思想与哲学家环环相扣的逻辑推演不同,要在一个思想体系中安放鲁迅先生话语中的这些悖论肯定是格格不入的,但是,在生活中,这些悖论反而无处不在,甚至是日常生活的常态。日常生活,是一个人最基本的生命场域,与人之生命的关系最为密切。因此,把鲁迅还原到日常生活中,才能真正读懂先生,亲近先生。先生直到去世前三年,他在《南腔北调集》的《我怎么做起小说来》一文中还写道:"仍抱着十多年前的'启蒙主义',以为必须是'为人生',而且要改良这人生。"而日常生活,可不就是这人生的基本容器。

小说便是要把这个容器制成艺术品。

鲁迅先生懂得人生的根本处境,因而他笔下的小说人物都是孤独的个人。这需要作家拥有一个强健的精神主体,清醒而冷峻地在人物身上看到历史与时代的局限。而这样的作家愈来愈稀少了,文学失去了照亮的能力。正如阎晶明先生所批评的,当代文学创作中有太多类型化的小说,其中人物缺乏"超越一时一事的精神内涵","作为个人,他们都是没有色彩的,典型性不足,更缺少象征性和寓言色彩"。这是一针见血的。我们在今天的批评文章中总能看到引用本雅明说的"小说诞生于离群索居的个人",但是,"离群索居的个人"在鲁迅的小说那里早已是生动的存在,这理应成为我们自身的文学传统。尤其是在今天这个文明大转型时期,网络技术营造的虚拟文化,正把我们更深地与现实、与他人分隔开来,商业的把戏变得愈加无孔不入,个人变得越来越虚弱无力,我们其实更加需要一种强大的精神主体性,才能在无边的信息泡沫中找到自己的生命所是。

四

由于当时的条件所限,我在中学时代能读到的书籍有限,基本上都徜徉在中国现代作家的作品中。至于对中国以外的作家,了解比较多的也只有拜伦、雪莱等浪漫主义诗人。这条线索也是我读了鲁迅先生的《摩罗诗力说》才知晓的,先生说这些诗人"无不刚健不挠,抱诚守真,不取媚于群,以随顺旧俗"。这些话都给少年的我很大的震撼,让我对于世界有了一些基本的看法。诗人作为世界立法者的形象,从此也一直深入我心。我开始写作,写一些很浅薄的现代诗,并把它们分享给我的小伙伴们,他们给予我巨大的鼓励,我也因此品尝到了艺术创造的最初愉悦。因此,在我生命觉醒时期建构起的这个艺术世界中,鲁迅先生无疑是核心的核心。

上大学之后,我才知道,二十世纪有着派别繁多的作家和作品。有位朋友推荐我去读一本名为《百年孤独》的小说,说那是特别伟大的小说。作者加西亚·马尔克斯是一个远在拉丁美洲哥伦比亚的作家。我认认真真读了《百年孤独》,又满怀兴奋读了他的《霍乱时期的爱情》。然后,我读了我能够找到的他的全部短篇小说。我跟其他人一样,完全被他的小说技艺所折服。他写小说,就像站在你面前的魔术师一般精彩。这个阅读的名单开始变长,福克纳、加缪、普鲁斯特、科塔萨尔、博尔赫斯……还有中国当代的小说家,有向往"寻根"的,有号称"先锋"的,莫言、余华等人的小说读起来跟我的"十九世纪审美经验"完全不符,但又那么迷人。

小说原来可以这样写!

这样的惊叹在我的心中反复激荡。谁能想到呢?我身处空间上的边缘竟然造成了时间上的迟滞。一个出生在二十世纪晚期的人竟然对二十世纪的艺术文化一无所知,这自然是一种极大的荒谬,但又何尝不是一种幸运呢?一个人随着生命的成长,可以在自己生命内部形成多种时代文化的对话——是十九世纪和二十世纪的对话,是二十世纪和二十一世纪的对话——这是一笔多么波澜壮阔的文化财富。

很快,我在莫言的文章中也看到了这样的描述。他在看了马尔克斯和福克纳的小说之后,受到了重要的启发,同时也伴随着那声惊叹:

小说原来可以这样写！

我不禁会心一笑。

毋庸讳言,中国当代小说已经呈现出了与鲁迅时代的小说大不一样的艺术景观。小说的艺术,尤其是现代小说的叙事艺术,在当代作家的笔下有了更加丰富的体现。现代小说这种本就诞生于西方现代性的艺术形式,也在中国的现代性过程中与中国的现实变得亲密无间,当代中国作家愈来愈可以直接在同时代的世界范围内寻找到艺术的参照与资源。现在回望先生,他相比于那些号称是"小说家"的魔术师们,不免显得过于俭朴,因此,先生距离当下的写作现场似乎在变远。换句话说,对鲁迅的研究尽管还是中文学术的热门显学,但是在文学创作方面先生已经不再是中心了,他的艺术风格不再被更加年轻的写作者们追随和模仿,这是一个难以否认的事实。

有人会说,这个事实与历史、时代的巨大嬗变有关,先生笔下的乡土世界已经完全瓦解,民间的伦理文化自然也随之断裂,现在兴起的是城市文明及其背后崭新的科技理念。这个理由显然有道理,可问题在于任何题材终究都会过时,而一个经典作家的写作是超越题材而抵达普遍的。鲁迅如果是一个经典作家,那么他就一定经得起历史语境的变化。

先生经得起重读吗？不仅仅是学者的阐述,而是经得起作家的重读？

我留意着,凡是遇见作家写鲁迅的文章都会认真阅读。

有几位作家对先生的感受让我一惊,先生果然还是在那个最根本的地方影响着后来者的创造。

日本作家大江健三郎先生在中国演讲的时候,说他一生都在思考鲁迅。他在东京读大学,写了人生中的第一篇小说,然后很高兴地回家给他妈妈看。他妈妈说:你读过鲁迅先生的《故乡》和《希望》吗?大江先生读过鲁迅的小说《故乡》,知道那个著名的结尾:"我想:希望是本无所谓有,无所谓无的。这正如地上的路;其实地上本没有路,走的人多了,也便成了路。"大江的母亲对他说,你的小说写出希望了吗?你的小说连一点希望的碎片也没有。他感到很惭愧,又去读了鲁迅的散文诗《希望》,里边反复吟唱:"绝望之为虚妄,正与希望相同。"大江先生这才意识到他妈妈的意思,无论是希望还是绝望,都不是可以廉价地说出口的。

什么是真正的希望?什么又是真正的绝望?我们有所回答吗?这是任何一个时代的人只要活着都要面对的问题。

作家张承志写过数篇关于鲁迅先生的文章,《鲁迅路口》一文对我触动最深。张承志站在绍兴的土地上,对先生的精神做出了新的猜测和理解。他发现在鲁迅故居不远处便是秋瑾的家,稍远一点是徐锡麟的家。张承志认为鲁迅不可能不认识这两个人,这两个人的血性和牺牲对鲁迅的精神世界形成了巨大的冲击,让鲁迅的心中隐藏着难以言表的耻辱。那是一种苟活者的羞耻。这样的猜测让我大惊,但是仔细想来,也未必是空穴来风。《狂人日记》与徐锡麟的剖心被吃的意象,《药》与秋瑾被杀而围观的景象,几成定论。张承志猜测着描绘了一个场景:"那是冬雨迷蒙的季节,鲁迅站在这里,独自眺望着秋瑾的家。不是不可能的,他苟活着,而那个言语过激的女子却死得凄惨。他只能快快提起笔来,以求区别于那些吃人血馒头的观众。"

没有这样的羞耻,怎会有先生那样极致的愤怒?对于庸众的恨区分了自身又囊括了自身,没有这恨之悖论,又怎么会写出《铸剑》那样可怕而不朽的小说?

作家莫言专门谈过《铸剑》这篇小说,他说:"里面包含了现代小说的所有因素,黑色幽默、意识流、魔幻现实主义等等都有……《铸剑》里的黑衣人给我留下特别深的印象。我将其与鲁迅联系在一起,觉得那就是鲁迅精神的写照,他超越了愤怒,极度的绝望。他厌恶敌人,更厌恶自己。他同情弱者,更同情所谓的强者。一个连自己都厌恶的人,才能真正做到无所畏惧。"这个获得了诺贝尔文学奖的作家还说:"我愿意用我全部作品'换'鲁迅的一个短篇小说。"

厌恶,连自己都厌恶。难道不正是出自苟活者的羞耻吗?

希望,绝望,羞耻,厌恶,塑造了一个痛苦的灵魂,而这个灵魂又被认为是最坚硬的、最无所畏惧的,如同机甲战士一般。纤弱与刚烈,简单与繁复,爱与厌恶,在这个灵魂里奔涌融合,化成刺入人心的文字,割肉填疮般改变了悠久文明的腐烂。在这科技统治万物的二十一世纪,都说人类即将被生物学技术彻底解构掉——血肉无非是基因、分子及其排列,但这个瘦弱的人,竟然可以具备如此深邃的灵魂,这不能不让我为之震撼,不能不让我对人多出了一份信心。在这样深邃的灵魂面前,小说的创意、叙事的艺术、语言的搭配等等提法都显得轻如粉尘。我们今天重读先生,在先生这里——现代汉语文学的源头,必须要问一问的是:

究竟什么是文学?

那些魔术师般的语言组合花样,巧舌如簧的故事情节,如果远离了人的灵魂的深度,还称得上是文学吗?

如果是,这样的文学又有什么意义呢?

人工智能会写得比我们更精彩。

五

中山大学中文系大楼边上有一座鲁迅先生的半身塑像,时时提醒我鲁迅先生曾在广州待过不到一年的时间。不过,他在中山大学过得似乎并不是特别开心。他作为中山大学首任教务主任,工作非常忙碌和琐碎,影响了他的写作和研究。他在写给朋友的信中说:"我是来教书的,不意套上了文学系(非科)主任兼教务主任,不但睡觉,连吃饭的功夫也没有了。"我尽管求学于这里,可对那个塑像感受不深,而且中山大学经历了搬迁,现在摆放塑像的地方先生并未踏足。

我第一次发现白云楼的鲁迅故居是一次偶然。那会儿,人人都以拥有一台单反相机为傲,我也不能免俗,去海印音像市场买了一部尼康的单反相机,然后在附近的大街小巷里乱窜,看到什么便拍什么,仿佛重新见识了世界。我拍下了一排黄色的民国建筑,墙面上挺立着一根根灰白色的立柱,门楣和窗头上都有装饰纹路,有点儿巴洛克风范。我回家后,在电脑上欣赏照片的时候发现墙上挂着一个牌子,写着"白云楼鲁迅故居"的字样。我有些兴奋,拿出《野草》重读,发现《题辞》的最后写着:

一九二七年四月二十六日,鲁迅记于广州之白云楼上。

一阵战栗划过我的心脏。

那瑰丽深邃的《野草》居然成稿于广州,这对我来说的确是一个特别激动人心的发现。我按图索骥,发现《铸剑》也成稿于广州,这是我完全没想到的。这些作品与这座城市的主要面目相距甚远。我待在这座城市已经太多年了,我也尝试着写下自己的感受,在南方之南的潮湿溽热中努力探寻着自己的精神通孔,而先生以这样的方式,再次给予我了一种莫大的鼓励和安慰。我觉得这座城市陡然间有了隐秘而幽暗的维度,变得更加可居了。

自那以后,白云楼的鲁迅故居便变成了我文学朝圣的秘密之地。

那里临近江边，先生住时应该是可以望见珠江的，现在隔了一排楼和一条街，反而变得格外幽静了。路边全是茂盛的榕树，使得这条白云路特别适合冥思和散步。先生住在7号单元二楼，那个单元的铁门锁着，我站在门口透过缝隙往里看，里边空空荡荡的，一幅人去楼空的景象。我仰头看见二楼的阳台，却发现那里摆放着衣架和菜干，分明是有人生活着的。先生曾经也是那样朴实地生活着的吧。但他在这里一定特别孤独，他的左邻右舍说着粤语，他没法明白他们的意思。他坐在书桌前写下了这样的话：

> 楼下一个男人病得要死，那隔壁的一家唱着留声机；对面是弄孩子。楼上有两人狂笑；还有打牌声。河中的船上有女人哭着她死去的母亲。人类的悲欢并不相通，我只觉得他们吵闹。（《而已集·小杂感》）

他体验着人类的隔膜与悲剧，他来广州却是因为爱。许广平是广州本地人，他们已经冲破世俗枷锁，在白云楼住在一起了。所以他写了几段话之后，又写道："人感到寂寞时，会创作；一感到干净时，即无创作，他已经一无所爱。"

创作总根于爱。

我感受到了那生命之爱对先生的滋养。我愈加喜欢这个地方了，它见证了先生的生命，随着时间的流逝，它也见证了我的。

先生在这里住了大约半年后，1927年9月27日，他和许广平离开了广州，前往上海，从此再也没有回来。而四天前的9月23日，先生在这里写下了这样的话：

> 我靠了石栏远眺，听得自己的心音，四远还仿佛有无量悲哀，苦恼，零落，死灰，都杂入这寂静中，使它变成药酒，加色，加味，加香。这时，我曾经想要写，但是不能写，无从写。这也就是我所谓'当我沉默着的时候，我觉得充实，我将开口，同时感到空虚'。(《三闲集·怎么写》)

我反复阅读这段话，然后长时间站在白云楼的门口，没有别的行人，只有流星般偶尔开过的车。我看向街对面的大树，以及更远处的楼宇。我一个人站着，沉默让我的内心都没有了声音，我不确定自己是否称得上充实，但有一瞬间，我似乎顺着先生的目光看了出去，和他的目光合二为一了。我是如此深刻地意识到，无论这个世界怎么变化，都需要这样的目光去打量和穿透。否则，这个世界会丧失了存在，也没有了存在的必要。

这是鲁迅的目光。

2018年11月28日

榄核听星海

我在广州住了十五年，经常在珠江边散步，望着对面灯火辉煌的星海音乐厅，却从未有意识地将"星海"和冼星海联系起来，只是当作一个诗意的名字罢了。直到今天晚上住在广州南沙区的榄核镇，才得知这是音乐家冼星海的故乡，记忆的神经元瞬间贯通了，想到广州一切以"星海"命名的地方与机构都是为了纪念他呀。我的麻木和疏忽让我顿时有了一种歉意，一种对自己的歉意，就像是错失了一件珍贵的事物。

说不清为什么，我第一次听交响乐就被迷住了，那是中学时代，人们用的还是录音机和磁带，有天我从一位同学那里借了贝多芬的交响乐来听，被彻底震撼了。录音机在桌面上，而我坐在靠墙的床上，两手抱着膝盖，缩在了角落里。那面前汹涌的声音有一种无法抵抗的力量，正在前来，灌注自己幽黯的内部。要不是靠着墙，发冷的脊背几乎要让我倒下去。面前的声音仿佛在为我描述着一幅难以描述的场景，向我要求着一个无法叙述的故事，又像是一个漂泊的空间，邀约我去眺望与飞翔。我深感自身的无力，但又被那样的召唤持续吸引，那种奇妙的感觉让我记忆犹新。

大学时我慢慢写起了小说,很难说不是对那声音召唤的回应。因此,写作的时候,常常会以一些音乐为背景,尤其是交响乐,好多年下来,各种曲目也听了不少。但是,现在想想,怎么没有听过冼星海?"风在吼,马在叫……"这脍炙人口的旋律在脑海里单调地响起,想起的反而是互联网上很多改编的搞笑片段,这是娱乐解构一切的时代,严肃地对待一件事物,常常被认为是迂腐,但在榄核的这个晚上,我决定严肃地对待冼星海,我要好好听一听他的音乐,他的大合唱。我从宾馆九楼的窗户望出去,鱼鳞般的房顶蔓延至远方,马路上传来汽车的轰鸣,这个形状小如榄核的地方,和很多地方一样,已经找不到任何线索,历史永远流逝了,只有我的心间还滋生着想象历史的诗意。我渴望着一曲音乐冲破眼前的幕布,像时空隧道一般,将一己如我与无限的星空与大海连通在一起。

网络时代的最大便利便是光与声的随意获取。我很快用电脑找到了《黄河大合唱》,是1975年由音乐家严良堃指挥的经典版本。严良堃先生的第一位指挥老师,便是冼星海,然后,他用一生来指挥老师创作的《黄河大合唱》,这部作品被他至少指挥了上千场……这样的信息让我踏实,我关掉电灯,坐在沙发上,望着窗外夜色中的灯火与星光,等待着激昂的旋律响起。

第一乐章《黄河船夫曲》,此起彼伏的劳动号子,将人带到惊涛奔腾的黄河之上,船夫古铜色的肌肉在黄色水花的击打下,融合成了充满力量的整体风景。劳动与搏斗,是人类在上古时代能够生存延续的基本技能,这个乐章的基调在宣示大悲悯的同时,实际上又充满着一种大喜悦,那种终极性的表达,抵达了哲学的高度。我想起了诗人昌耀的代表作《划呀,划呀,父亲们!》,这首诗的副标题便是"献给新时期的船夫",顿时,写作的直觉让我察觉到了这两者之间的紧密联系,我大胆猜测,昌耀在写作这首诗的时候,脑海中一定反复奏响着《黄河船夫曲》!因为,我一直记得这首诗的结尾:"我们负荷着孩子的哭声赶路/在大海的尽头/会有我们的/笑。"劳动的号子,孩子的哭声,在我的精神听力中变得不分彼此……

就在我脑海中的声音变得混沌之际,清晰的歌声出现了。第二乐章《黄河颂》由著名歌唱家杨洪基先生独唱,雄浑的声音不疾不徐,赞颂着黄河的雄姿。他宽阔的声音能担负起这样沉重的赞美,这种赞美又获得了悲壮的力量。这就是音乐本身的力量。歌词,即语言,与音乐凝成一体。随后的第三乐章《黄河之水天上来》是配乐诗朗诵,它承接了上一章的赞美和悲壮,但音乐暂时退居台后,让语言直接表达出意义。这是要专注表达诗的力量的一章。据说现在为了演出效果,这一乐章常常被省略,我想这是可以理解的,因为这对朗诵者的要求太高了,比上个乐章对杨洪基先生的要求还要高得多!所幸的是,鲍国安先生给我们留下了一个朗诵的典范。他不仅仅为我们奉献了一个经典的曹操形象,在我看来,他在朗诵上的成就也许更大,他绝对是中国最好的朗诵家之一。他丰厚的人文修养,将历史的悲情与诗句的叙述和谐统一在了一起,在那些需要迸发的时刻,他将全身心的激情慨然献出,那些直接描写战争的语言,在他声带的捶打下,也发出了新的光泽。让人听着听着,竟然热血沸腾了!

转折就此开始。第四乐章《黄水谣》是女声二部合唱,音乐变得沉郁起来,直接的主题开始显露——"自从鬼子来,百姓遭了殃。"音符携带的慢镜头,随着黄河缓缓移动,从空中俯拍着广阔的中国大地:那些被日本侵略者刚刚杀死的人们,血流尚未停止,而烧毁的房屋,依然冒着浓烟……满目疮痍,国家已经到了生死存亡的最后关头。作品开始从抒情的部分进入叙事的部分,或者说,开始从诗进入小说的部分。第五乐章《河边对口曲》充满着亲切的乡土气息,这两个老乡的对唱亦是脍炙人口的片段,我从小就在很多场合听过。"张老三,我问你,你的家乡在哪里……"这段旋律是那么的诙谐,我以前听的时候总是想笑的。这次,我依然想笑,但却是果戈理那种"笑中带泪"的笑,心中快要窒息的笑。在战争的灾难中,黄河不只代表了国家的话语,更铭记了个体的苦难际遇,那些颠沛流离的小人物,是历史苦难最真实的承受者。艺术的根本力量,一定出自具体的个人及其处境。第六乐章《黄河怨》继续小说的形式,如果说上一乐章的主角是两位男性,那么这一乐章的主角是位妇女,这一首悲惨缠绵的女声独唱,体现出作曲家的最大关怀与悲情:女性是战争中受苦至深的群体,就像这位妇女,她被日本人强奸了,她的丈夫流离失所,儿子被日本人杀害了,她无法再活下去,只能在哭诉完后,跳进黄河自尽了。

　　歌曲的叙事来到了最惨烈最沉郁的地方,悲怆的情绪也郁积到了临界点。我憋闷得慌,暂停了播放,突然感到周围格外寂静,就连一只虫子的叫声都听不到。我用嘴巴喘了口气,像是要把音乐中的悲怆给吐出来。这时,眼睛已经习惯了夜色,愈发看清了窗外一幢幢楼顶上的霓虹招牌。我从沉浸的状态中跌落而出,是如此真切地感受到了历史的具体。众所周知,这是一个躁动的时代,但与黄河怒吼的时代相比,它在本质上终归是安静的,是平和的,不能想象,如果此刻忽然我置身在七十多年前,听到《黄河大合唱》会有怎样的感受?人的命运,终究要被历史的命运所裹挟。

　　需要一次爆发,一次强烈的爆发。

　　继续播放,果然,最为熟悉的旋律冲了出来!是"风在吼,马在叫"的《保卫黄河》,但感受与曾经完全不同。中学时代,应该在音乐课上集体唱过的,当时只是觉得高昂和激烈,甚至弥漫着一种欢乐,但现在,在前边六章的铺垫下,这股激烈的力量准确地切中人心,不再是凭空出现,而是像一株大树拔地而起,巨大的树冠迎着风雨摇摆和呼啸着,但扎进了大地的根须稳稳当当地攥紧了泥土。你听着,你仿佛能亲眼看见那无尽的力量在集聚、生长和爆发出来,淤泥般的悲痛与绝望得到了彻底的冲刷与清洗,而滔滔浪水样的愤怒让希望变得无比坚定起来。这一章充分彰显了音乐的力量,怪不得成为传诵最为广泛的一曲。

这么激昂的力量如何才能被驯服？或者说,如何才能进一步升华？一个更广阔的音乐世界在我心中隐约若现,却让人紧张不安。桥梁已经延伸了那么远,就快贯通了彼岸;大厦即将完工,就差最后的封顶。《怒吼吧,黄河》作为这部大合唱的终曲,开始时延续了上一章的激昂,但逐渐缓慢下来,只在气势上暗暗使劲,使之愈加恢弘,成为扛鼎的史诗。乐队被整个地调动起来了,合唱队的嗓音被整个地调动起来了,那诞生而出的坚定力量在深沉的思考中,正在变成一种信念乃至信仰。在纵的方面,或说时间方面,观照和反思了中华民族的历史,"五千年的民族,苦难真不少";在横的方面,也就是空间方面,不再局限于黄河流过的中国,而是向全世界敞开,在最后的最后,连续唱出了"怒吼吧,黄河,向着全世界劳动的人民,发出战斗的警号"这种世界意识,让大合唱展现出了气吞山河的雄浑之美,将所有的情绪引领向了一个犹如天空般高远的地方,从而不仅仅是战胜了邪恶,更是远远地超越了邪恶及其带来的苦难。

曲尽,戛然而止。世界仿佛停顿了一秒钟。看上去什么都没有变,但有些细微的改变已经永远产生了。回过神来,只有深夜的凉风涌进来,让我觉得畅快。茅盾先生曾说,听了《黄河大合唱》,就像给灵魂洗了澡。还真是那种感觉,我从内心深处,被历史的激流猛烈地涤荡了一次。整部大合唱才三十六分钟,却让我觉得那么漫长,像是时空逆旅,挣扎着晃过了七十年。是的,冼星海过世七十年了,他过世的那年,正好是抗日战争胜利的那年。1945年8月15日,日本投降,10月30日,他病逝于莫斯科的克里姆林宫医院,刚刚四十岁。也许,他这短暂的一生,最值得欣慰的,便是亲眼看见《黄河大合唱》的胜利预言变成了现实。

我站起身,一个人来到阳台上,往远处看,广州到珠海的高速公路像河水似的闪着白光;那更远处,是珠江注入大海的地方。《黄河大合唱》里,也提到了"珠江在怒吼",1939年,冼星海在陕北延安的土窑里作曲的时候,脑海中奔涌的珠江一定就是面前那儿吧。我不由使劲朝那里看着,夜空幽深,只有一两颗星星忽明忽灭,当然是看不到什么的,但我想着那个叫星海的孩子,一出生的时候,看到的就是这片星空和大海,然后,他把它们变成了声音,好让耳朵看到。今天晚上,我的耳朵终于看到了这壮阔的声音,没有错过星空和大海的馈赠。我心底满是绵绵的感动,像珠江两侧铺开的这片万家灯火一般,执意照亮迷蒙和无穷的夜色。我趴在阳台的栏杆上,向外探出头去,再次看着轰鸣的汽车从脚下飞速驶过,想起冼星海在巴黎练琴的时候,就是这样站在低矮的阁楼上,脑袋不得不探出天窗外。另一位天才音乐家马思聪看到后,说:

"他是在对着上帝拉琴。"

2015年4月1日

他将成为这独一个

贾平凹是陕西文学的一座山。如今,路遥、陈忠实都往生了,贾平凹这座山越发显得庞大巍峨。陕西人大多爱读贾平凹,据说他的新书出来,陕西省内至少能消化掉十万册。虽然我也是陕西人,也写作,跟贾平凹本尊却并不熟悉。虽然有很多机会去跟他私下交流,但我还是没有刻意去这样做,保持了一种顺其自然的状态。人跟人的交往,需要缘分和时机,尤其是面对大山一样的人,我宁愿先保持远观,因为这样才能看到山的全貌。等你走入山中,看到的反而都是山的局部。所以这篇文章也有它不可取代的特定视角。

我很早就知道贾平凹这个名字。上小学的时候,学习了他一篇叫《丑石》的文章,作为小学生的我,对于读到的一切好文章都有一种发自内心的崇拜,包括对文章的作者。这是一个让人难忘的名字,尤其对"凹"字,有一种莫名的陌生感。此前只知道"凹"字读"āo",没想到还可以读"wā"。后来方得知,贾平凹原名贾平娃,是他自己把"娃"改成了"凹",这一字之改令人极为佩服,如有神助!

在没有网络的时代，书籍几乎是课本以外的所有信息来源，尤其是那些不适合白天的信息。《废都》便是这样一本属于夜晚或幽暗的启蒙之书。我第一次见到《废都》，是在一个司机的座椅下面。他把书藏在隐秘的夹缝里边。当时，我们这些孩子在车上玩，无意中把这书给翻了出来，里面那些被删节的□□，立刻吸引了大家的注意。我倒是没有太吃惊，因为我平时经常读课外书，当时国内很多古籍出版都会采取这种删节方式，还会标注删除了多少字。那些被删除的字并没有彻底消失，只要你能找到古代原本，就能看到那些字。正因为如此，《废都》□□里面的内容，我很长一段时间都认为他确实写了，却被出版社删节了。好多年后，我才意识到那是一种写作策略，□□里面的文字应该是从来都不存在的。网上流传了好几篇全文版的《废都》，我在对比之后，发现里面填的句子都是不一样的。那些人煞费苦心地进行完形填空，使字数跟书中标注的删除字数达成一致，造就了一桩奇特的文化景观。

当我走上写作这条道路之后，再读贾平凹，确实是换了一种眼光来看待他的作品。此前，我只是一个普通读者的身份，有着很强的猎奇心态，也有着很强的隔膜感，眼光终究是外在的；成为一个写作者后，我反复揣摩着他的文章，方才认识他的文风和腔调的独特性有多么强。有段时间，我睡觉前喜欢看他的散文，他的散文没有蒙田的散文那么具有思辨性，谈不上深刻，但他的散文中有一种平实、日常的东西，一种聊天的腔调，就像是一个很会讲话的朋友找你聊天，陪着你喝几杯不浓不淡的茶。这番滋味,也是文学的趣味之一。

有些小说家具有诗歌气质,有些小说家具有散文气质,贾平凹显然属于后者。他的叙事有一种松弛感,娓娓道来,不急不缓,那些地道的陕西话带来了口语的节奏。这种节奏实际上已经形成了他作品的内在结构。贾平凹曾专门论述过写作的气息问题。他说语言跟作者的呼吸有关,如果一个人平时呼吸急促,他写的句子可能就是短小的,如果一个人呼吸很慢很深,他可能多写长句子。我不确定是否真是如此,但句子长短肯定跟作者的思维节奏有关,取决于作家的生命气质。有些人的叙述特别急,像是赶着去做什么事情似的,那样叙述是很难写好长篇小说的。长篇小说就是大江大河,要慢,要平稳,要静水流深。所以,只读贾平凹的散文,就知道他一定是可以写好长篇的作家。事实也是如此。他能写出很长的长篇,比如《古炉》达到了六十万字。

很多人会诟病他小说中的脏污描写,屎尿屁和鼻涕等等常常出现在小说中。我的父亲有一段时间在读《秦腔》,我曾跟他聊起这个话题,他觉得贾平凹写得特别好,尤其是脏污的部分很真实,很生动,在过去很多人就是那样的生存状态。我父亲跟贾平凹是同龄人,又都是在陕西乡村长大的,所以也算是从侧面证明贾平凹的写作具有典型的现实主义特征。文学追求的不是纯净,而是丰富,如果文学不能藏污纳垢,只能说明这种文学是虚伪的。因为生活本就有高尚有卑鄙,有干净有肮脏,文学必须真诚地面对生活。

尽管我跟贾平凹没有过特别深入的交流，但是有过物理学意义上的近距离接触：我在文学活动里面和他握手、合影过好几次，但是印象最深的还是2015年那次。那年，贾平凹来广东领取华语传媒文学大奖，他的《秦腔》获得年度杰出作家大奖。当时在颁奖大楼的广场上，贾平凹正在走路，忽然一个穿着白色衬衣的小伙子冲了过来，拦着他，也不说话，跪下来哐哐哐磕了三个响头。事情发生很突然，出乎所有人的预料，人们立刻围观过来。贾平凹赶紧扶起这位年轻人，年轻人说自己没别的意思，就是崇拜文学大师。后来在颁奖活动的交流环节中，就有读者提出这个问题，问贾老师怎么想。贾平凹的回答特别幽默，他说他以为这位青年是有什么冤屈呢，因为在农村里就经常看到磕头喊冤的人。他说自己是个普通人，千万不要给自己下跪，这样是很不好的。他的谦虚一定是真诚的，但从另一个角度，这也说明了他的文学影响力之大。这件事给我的观感比较奇妙，我觉得当代作家里面能够被人这样子下跪，又不是特别违和的，好像只有贾平凹。比如莫言或余华被人下跪就显得很奇怪，因为他们的小说中充满了现代的反抗精神。倒不是说贾平凹的作品中没有这样的精神，而是贾平凹的作品中充满了传统文化的氛围与观念，内在精神中亦洋溢着一种古代士大夫的气质，叩拜之礼似乎跟他的气息更加相近一些。

文学圈盛传很多关于他的奇事。据说他发明了一种测字的预言方法：你先问问题，然后当即写下心中想到的第一个字,他就会根据这个字以及周围时空的很多因素进行预测。很多朋友当着我的面,信誓旦旦地说,后来发生的事情果然如贾老师所料。

这其中的神秘主义令我感到五味杂陈。我们处在一个科技高度发达的时代,AI 的威胁成了人们茶余饭后的重要话题,但是,那些神秘主义的东西并没有因此而消亡,甚至借助软件的开发以 AI 的方式得到了新生。无论是星盘分析,还是八字算命,在网上一搜便是,还得到了很多年轻人的追捧。算法越来越精确,命运越来越神秘,当算法和神秘相结合,人们越发觉得人生似乎也有一套神秘的算法。从这个意义上再来看贾平凹,会更加意识到他的独特性。

我甚至在想,像他这样的具有古典奥妙的人以后不会再有了。他出生在 1950 年代的乡村,当时的民间生活依然充满了所谓的"迷信",他在那样的氛围里成长,后来又用大量的时间钻研古代典籍,从主流到杂学,全部吞纳。没有这样的知识基础,是不可能写出《废都》这种从骨子里神似古典小说的作品。他由衷地热爱古典文化,看他的书房照片,里边摆满了不同时期的历史文物,他天天浸泡在那样的场域里边,获得了别具一格的灵性。他让自己成了通灵的人,让自己的写作成了通灵的写作。如他所说:"我有我长期以来形成的对于世界对于人生的观念,我有我的审美,所以,我的文学写作和书画,包括我的收藏,都基本上是一个爱好,那便是一定要现代的意识,一定要传统的气息,一定要民间的味道,重整体,重混沌,重沉静,憨拙里的通灵,朴素里的华丽,简单里的丰富。"他的文学,他的书画,以及他的通灵,都成了独一无二的文化现象。我想,其他作家的文学精神也许还能找到传承,但贾平凹是找不到的,他将成为这独一个。

2021 年 6 月初稿,
2024 月 3 月 13 日增补

置身在生命迷宫中

张炜是一个有着极为庞大的精神体量的作家。我读了朱又可对他的访谈录《行者的迷宫》之后,才确切地知道这种强健的精神主体是如何起源的,又是如何在复杂的生活阅历和人生积累中成形的。行者的迷宫,原来并不是一个隐喻,而是一个实指。尽管张炜在前言里谦逊地将这个标题定位为一个隐喻,但随着阅读的深入,在了解他之后,我发现他真的是一个行走在大地上的人,他跟大地的关系要比一般的中国作家深得多。他的一生竟然有几十年都行走在路上,这种行走不是舒适的"自驾游",而是原始意义上的行走——用脚来丈量土地。他将自己的行走方式比喻成纯文学的长篇小说:情节被压缩,而细节被放大。

行走和漫游是他从小养成的爱好,对于胶东半岛的每一寸土地,他都渴望去踏足并探寻。这最终成了他的生活方式。几十年来,他一直扩大着游走的范围,不仅仅局限在半岛地区,还去西方和东方、南方和北方、最贫穷和最富裕的地方观察,使得生活的面积不断地敞开。他在行走中多次遇险,好几次甚至有生命危险,这让我对他的写作有了更多的敬重。

他自然是多面的,既熟悉政府部门以及社会组织的运作,又亲近那些最遥远、最偏僻的角落。他工作后的行走,有时是想将那种职场的习气和文人的习气冲刷掉。他的工作方式有些像人类学家,热衷于搜集那些文化的遗存。他寻找那些游离于主流文化之外离群索居的人,在他们身上发现更加贴近大地和天空的生命形态。他发现他们的语言保留着曾经的话语,或许是因为长期生活在野外,语言也和环境融为一体,变得更加及物。到底何为真实?眼下这种狭窄的家居生活,电视、手机、网络,仿佛是和世界无限联系的。但是,那些大山里的独居者,没有电视、手机、网络,却直接连通了天地自然,他觉得后者的连接才是更大的。

他之所以这样信任土地、亲近土地,是因为他相信土地是人性和文化的共同起源。我们这个时代,这种地方性知识一方面在全球化、商业化的侵袭下,正在快速消亡,彼此模仿的、千篇一律的同质化现象越来越严重。乡村模仿乡镇,县城模仿城市,小城市模仿大城市,大城市模仿巨型都市……网络时代把立体的空间变成了相似的平面。另一方面,我们的出走越来越有局限性,我们经常看到的是人家想让我们看到的,我也相信世界仍然有巨大的秘密隐藏在那些山水之中,这便是需要行走去突破和发现的。

因此,张炜不是那种只阅读小说然后从中孵化小说的食腐动物,他的写作是及物的。除了漫游之外,他还注重"野知识"的收集。他大学毕业后,在山东档案局工作过四五年,这让他接触到了主流视野以外的大量资料。了解到这一点后,我才完全理解了张炜作品中那股与众不同的时代气息。他打通了阅读和行走、经验与材料,然后又通过巨大的文学能力把他们统摄在一起。

这种庞大的准备期,自然激发了他的创作胃口。他的心底诞生了一个雄心壮志,便是去完成一部关于中国当代的多卷本长篇小说。他不相信中国人写不出"史诗性"的超长篇作品,他想尝试。更重要的是,他想从一个更长的时段来思考中国当代社会。他的"长河小说"《你在高原》于2010年在作家出版社推出,他写了二十二年,分三十九卷,归为十个单元,有四百五十万字之多。他谈到,在这二十二年里,他不断地修改和调整。这种修改和调整,一方面当然是为了让作品更加完美,让语言更加体现时代的特点,但另一方面,这种修改和调整有被动性的一面。因为中国当代社会一直发生着剧烈的变动,多变的政策对于社会的影响是极为显著的,三年一小变,五年一大变,这使得长卷式的超长篇小说总是跟社会语境产生着各种各样的疏离、胶着,就像漩涡的出现改变了水面的形象,他必须要从中找到更恒常的价值,来穿越这些迷惑耳目的历史风景。

这让我不免想到,现实主义如果太紧贴现实的起伏,便会在时过境迁之后出现难以理解的变形;但如果现实主义不紧贴现实的起伏,选择以隐喻来把握现实的内面,又失去了现实主义那种短兵相接的力量,没有了对社会现实的巨大容纳,实际上便不能再被称为现实主义了。这是一个困境。超长篇小说的优势也许正在这里:历史和时代的背景如果能充分展开,我们便能更好地理解那些扭曲的现实。

他一定有这样的考量。他谈到了长篇小说的艺术,尤其推崇空间并置的思维方式。在纸上形成一个庞大而错落有致的建筑群落,正是长篇小说丰赡的结构之美。他还提到了重复之美,举《西游记》为例,重复的力量不仅仅是简单的加法,很多重复看上去是相似的,实际上他们总有一些微妙的不同,因而重复会营造出一种更有力量的美学。其实中国的古典小说有许多都采取重复的结构,比如《儒林外史》《二十年目睹之怪现状》等等,这种结构的确有它的好处,可以最大程度地容纳现实的人生世相。

超长篇小说的写作是对生命的可怕损耗,因此精神主体不仅得足够强壮,还得足够坚韧。他谈到他年轻时身体是很强壮的,可以白天采访记录,晚上读书写作,基本上不需要睡觉。可是,强壮的身体可以撑个一两年,但绝对撑不起二十几年,只有坚韧可以。坚韧不是一种力量,而是一种信仰。他有他的信仰。他说自己是为了一个"遥远的自我"而写作,那个"我"在更高处,那个"我"在注视着写作的自己。这让写作变成了宗教般的信仰,从而获得了生命的坚韧。

这是写作的崇高仪式——所有的形式都是在强化内容,最深奥的和最朴素的,在恰切的形式中彼此相通。于是,最高远的目光得以内化成血肉和生命。

因此,他特别强调文化产品跟艺术作品是不可以混淆的。作为艺术的文学,在他那里处于一种完全纯粹的状态,他认为写作没必要去迁就读者,那道更高处的目光意味着生命的完成。我对此是很认同的,只有这样的写作才是出自生命本身的诚挚,才是对读者的最大尊重。读者在这样的文字中跋涉,才能获得深沉的人生哲思。

再坚韧的生命也会有绝望和痛苦。他谈到自己的绝望和痛苦,虽然他在很年轻的时候就获得了世俗意义上的成功,获得了文学界的认可,按理说不应该有太多的痛苦,但他在社会转型的物质时代陷入了价值崩裂的痛苦,因此在那场"人文精神大讨论"的思潮中,他才像斗士那样去发表言论。他认识到,道德伦理和文化思想不会总是处于一种进步的状态,随着历史步入不同阶段,这些精神的事物没法得到有效的储存和接力。这跟科技文化不一样,科学技术不但可以储存,还可以接力发展,因而科技才创造了今天这么发达的物质文明。所以,他不是一个顽固的道德论者,他只是在捍卫自己行走在大地上所生长起来的精神价值。

他就此提到一点,我觉得很值得深思:对每个人来说,人生的第二次选择特别重要,因为第一次选择是人凭着热情和冲动去做的,但是在绝望之后的第二次选择实际上对生命意味着更多。这才是你对于生命道路的主动选择,才能让你承受起人生的绝望和痛苦。这是带着伤痕和经验的存在主义。

他对于这个信息泛滥的时代有着自己独到的认识。他认为那些大量的粗制滥造的文化产品和信息泡沫，构成了这个时代的土壤的腐殖质。这是个很有洞见的说法。既然森林里死亡的落叶沉淀下来形成的腐殖质可以孕育出苍天的大树，那么泛滥的知识也可以成为滋养一个作家、一个艺术家的精神土壤。关键是作为精神主体的人是否强韧，是否能有效汲取那些腐殖质中的营养成分。

他是一个过于复杂的人，他的迷人之处就在于他既像一个古典精神的继承者，又像一个现代精神的践行者。比如，他对于文化的理解，也是放在一个更宽阔的历史视野当中。他觉得我们应该上承新文化运动所提及的"整理国故"的号召，把中国传统文化中有益的部分整理下来，成为我们创建新文明的火种和依靠。于是，他花了很多年，主编了徐福的资料集。他并不满足，他从中国文化的起源处开始寻找，并把他所处的山东沿海的齐文化作为当代跟古代进行连通的一个文化源流。他认为齐文化有着自由和浪漫的特质，有着活泼的想象力，有着百家争鸣的包容性，这都深深地影响着他和他的创作。此外，他是极为推崇孔子的。他在《芳心似火——兼论齐文化的恣与累》一书中，考证孔子没有来到齐文化的腹地，但他同样赞美儒家，他只是反对将儒家形式化、空洞化，他觉得儒家是一门需要去实践的学问。比如他深感人文精神的失落，便亲自创办了万松浦书院，希望以一己之力去改变，尽管他深知这样的改变是极为渺小的。

这是一次极为漫长的谈话，我能感觉到张炜一点一滴地将自己的生命历程榨取出来。我觉得他不是一个特别喜欢讲漂亮话的人，他的言辞中透着巨大的恳切。一开始也许你不太习惯他的说话方式，但是读着读着，你就被他的阔大和深邃俘获了。我在阅读的过程中，仿佛置身聊天的现场，逐渐沉迷在张炜讲述的无数细节当中，我反复回味着一些细节，有些场景在我的脑中栩栩如生，我意识到，我置身在他的生命迷宫中了。也许，他的迷宫和我的迷宫已经在某个地方连接在了一起，我要找到那条隐秘的通道。

2018 年 12 月 11 日

辑 三

写作与生命的觉醒

魏微有着非常纯正的文学趣味,她的阅读面是很广博的,但当她坐下来写作时,她完全放弃了那些外在的技巧,用自己的整个生命来面对世界,要把生命转化成文字。在这个过程中,她的精神内核持久地停留于生命在混沌中觉醒的时刻,她置身在那个最敏感的时刻,反复探查这个世界,也回过身来探查自身的生命。在生命与世界的相遇中,世界是庞大的、近乎顽固地永恒,而生命是变化的、短暂的、脆弱的,因而生命的底色便逐渐显露出了悲凉的基调。我有时听人说魏微的小说特别温暖,我承认,有的地方是有温暖的成分,但更有一种特别深沉的、广大的,甚至是无边的悲凉。

时间问题是魏微最为关注的——十年过去了,二十年过去了——她经常会这样写,她小心翼翼地计算着时间,计算着人物的年龄。她到底在计算什么?她不是在计算历史的刻度,而是在计算时间对生命带来的伤害。时间把一个人从元气充沛的鲜活状态逐渐变成了一座腐朽的、毁坏的废墟,她对此特别敏感,这种敏感几乎贯穿了她全部小说的始终。

贫穷和爱情的主题也几乎贯穿了她的小说,这又意味着什么呢?我想,这依然来自她关注一个生命体在精神成长的道路上,所遭受的挫折感、挫败感以及无力感。贫穷,隐喻着这个世界的物质性、社会性,而爱情则隐喻着这个世界的精神性、私密性。她从物质和精神两个层面上,探讨着生命成长的可能性以及毁坏的可能性。

很多人都喜欢《家道》这篇小说。小说结尾的时候,这一家即将没落的人通过不懈的努力,又站起来了,重新捡回了物质层面的尊严,但是,结尾处主人公自问,可是有什么用呢?有什么意义呢?他们现在所记得的,只有这个过程中的辛劳,他们的欣喜已经没有了。于是,主人公站在马路边飞扬的尘埃里,露出了谜一般的微笑。这个微笑是揪心的笑,读来特别让人心酸和难受,让人联想起电影《美国往事》结尾处罗伯特·德尼罗谜一般的微笑。

自己的小生命如何步入这个大世界?是生命改变了世界,还是世界改变了生命?她目不转睛地盯着这个过程。

《在明孝陵乘凉》这篇小说写了女性性意识的觉醒过程。主人公一直期待着例假的到来,可例假迟迟不来,她觉得很沮丧,不再去想这件事。等到她十六岁的时候,例假突然来了,她终于成了一个女人,获得性别的身份,她本应开心,但是反而一点也快乐不起来,她觉得自己反而失去了很多快乐,仿佛感到有另外一个自己从自己的身体中走开了,自己被抽空了,甚至成了另一个人。小说从性别意识出发,到达了极为本质的生命体验。

我觉得魏微对于生命的理解是有些先验的,也许在她心里,一个人刚刚出生的时候,处于一种圆满的状态,而成长则是一种伤害,世界的棱角会擦伤生命的躯体,让它变得伤痕累累。我想起了明代思想家李贽,他的《童心说》便是如此,全部的言说都必须回到那颗赤子之心,否则便是伪道学。魏微肯定不是在实践这种理论,她是天生如此,她的写作动力全部出自她独特的性情和本能。她跟相距几百年的李贽,对于生命和人性有着同样的感受。

以《大老郑的女人》这篇小说来说,它的情节其实是很简单的,写了童年时候一对邻居男女用违背社会道德的方式幸福地生活在一起的故事。(在这座小城来谋生的大老郑在故乡有妻子,却"租"了一个女人生活在一起,后来发现这个女人在乡下也有自己的婚姻。)如果仅仅从社会学的角度去解读这篇小说,可以分析说明在改革开放初期人们的伦理观念发生了怎样的变动。但如果仅限于此,便是对这篇小说真正的魅力视而不见。这篇小说最有魅力的地方是孩子的目光。小说经常会出现"我们"这样的叙述口吻,但在这个"我们"之内,分明可以看到那道最真实、最胆怯的目光。那道目光在一点一滴地打量着这个世界,它也会随着周围的人们欢笑或悲伤,但它始终怯生生地打量着世界,和世界保持着几厘米的距离。正是这几厘米的距离,让我们感到生命的真实存在状态。

读魏微的小说,我时常会想起萧红,隐隐觉得她们有相似的精神气质。还是以《大老郑的女人》为例,小说的第一部分,足足有好几页篇幅只是讲述着小城的变化,如果用电影镜头来类比,那就是长时间的空镜头和画外音。在这部分,只是提了一下大老郑是邻居,四十多岁,然后叙事者一直讲述着小城的情况,那些不变的街巷,以及那些开始变化的氛围。在耐心的叙述中,小说完全复活了一段时光。萧红就是一个回望型的作家,在《呼兰河传》这部小说里就复活了那座东北小城的模样,也复活了她自己的童年。但她们又有很深的不同,魏微相比萧红来说,少了那种疯狂折腾的活力。她看透了人世的悲凉底色,以至于面对许多事情她都显得有点儿淡漠,甚至有点儿疏离。就此而言,她又和她喜欢的另外一个作家——张爱玲有了某种相似性。不过,她又少了张爱玲身上沉溺于人情世故的一面。这让她像是张爱玲、萧红这两个作家的不同特点的集合。

除却上述类型的小说,魏微在另外的向度上也有过努力。她的中篇小说《沿河村纪事》便尝试着从自己的世界中走远一些,来到历史、政治的庞大身躯面前,探询一下那些涌动的深渊。这篇小说当年一发表,就获得了华语传媒文学大奖。《沿河村纪事》在框架空间的处理上是比较宏大的,完全可以媲美一部长篇小说。我个人觉得这个尝试对她来说非常重要,我甚至期待着她能够走得更远。我告诉她我的想法,可她很真诚地对我说:"我觉得那样的小说还是离'我'有些远了。"这个"我"可以等同于魏微吗?这个"我"和叙事者又是一种什么样的关系呢？

这是一个很有意思的话题，也是一个深刻的哲学话题。一个作家的自我跟文学中的自我是否是一回事？文本中的这个用语言建构起来的自我，能否去提升物质世界中的这个肉身的自我？应该是可能的。比如说，福楼拜写《包法利夫人》、马尔克斯写《百年孤独》，他们一定曾在写作的过程中又哭又笑，像是亲身经历了人物的命运，语言的探险与意识的成长一定是难分难解的，想象与记忆也在生命的深处互相激发，拓宽生命的疆域。

当然，能够在历史叙事和灵魂叙事之间找到一个来去自如的位置，用语言激活生命与历史之间的连接渠道，确实是有些难的。诗人叶芝说过一句给我印象特别深的话，大意是说作家或诗人都是戴着文化面具来写作的。文化面具当然不是虚伪的盾牌，而是个人和历史的接触面。因此，我们得以更好地理解叙事者的文化意义。叙事者便是作家个人生命在接触世界过程中的代理人。作家和世界之间由于代理人的存在，产生了更加丰富的文化内涵。作家可以不断地调整角度去观察世界，站在不同的立场上去发表看法，而不必画地为牢。比如库切的长篇小说《伊丽莎白·科斯特洛：八堂课》，其中著名的女作家伊丽莎白·科斯特洛很显然便是库切的化身，她在各种场景下，跟不同的人不断地表达着自己的观念，库切需要她的存在，因为他可以认同她的观念，也可以辩驳她的观念。后者简直太重要了，作家一定要认同自己笔下的人物吗？

这也许是现代小说最有趣的地方。

上边这些话都是我从魏微的写作状态中衍生出来的想法,其实和魏微的作品已经没有多大关系了。但是,这样的想法再一次让我意识到,魏微的写作和她的生命是浑然一体的,在信息的洪流冲垮了一个个生命的堤坝的时代,这样的写作极为珍贵,因为它让语言和生命具备了信仰般的品质。

2018 年 12 月 9 日

自然的女儿

我和草白认识竟然那么多年了,这让我不免感到有些吃惊。吃惊是因为,我和那么久的朋友、那么好的朋友,迄今竟只见过一面。2015年的春天,我坐在宁波《文学港》的办公室里,远远地就听见了她的声音。她的语速很快,仿佛要把一段话急切地抛出,语调又有着孩子气的尖细,在词和词的连接处,有着浓浓的江浙风情。我和她通过无数次电话,她的声音构成了我最熟悉的她。声音以外的老友,又会带来怎样的惊喜呢?我飞速跳出办公室,看见她在楼道里拖着行李箱,柔顺的短发蓬松地绕成弧形,瘦弱的身体藏在宽松的麻质长衫里,活脱脱是传说中的"森女",满是雨后森林的气息。我大声喊了她的名字,其他人哈哈大笑起来,笑我的唐突和激动,好像粉丝遇见了明星。

他们并不知道,我和草白的友谊有漫长的历史,无论写作还是生活,她都是我乐于请教和交流的挚友。给这样的朋友写印象记,我总是谨慎的,生怕有变成漫画的风险。我最喜欢的印象记还是《世说新语》,寥寥数笔,把一件事,一个动作,甚至只是一句话,都写得极为生动传神。可问题在于,我对《世说新语》依然无法做到十分的信任,那些截取,那些塑造,无疑暗含了作者的价值取向。魏晋人充满烟火气的日常生活,是我特别感兴趣的地方,可它真的在《世说新语》中吗?

说这些,也许是我不自信的表现,我怎么能写出草白的形象呢?她是那样一个与众不同的人。她像鲁迅的野草一般在顽强和快速地生长,充满着无限的诗意和可能性。

谈及对一个作家的印象,最让人记忆深刻的往往还是对其作品的印象,都说文如其人,人如其文也许更准确,我们不可避免地被语言所塑造。我第一次知道草白这个古雅的名字,是因为读到了她的散文。现在的许多小说家都不愿意写散文,他们怕自己不多的人生经验在散文中被透支,也怕散文的写作干扰了小说的写作,从而用专一代表专业。当然,从大的方面来说,现代社会分工越来越细,也影响到写作这个行当,作家自缚于文体道场的一角,本无可厚非。可我还是向往那种大文学的写作,即无所拘束,只将文体当成是内心之思的某种具体的承纳形式。因此,我也爱读诗,爱读散文,我是在网上一个"80后"散文写作群里,读到了草白的散文,感到眼前一亮,这文字里,诗、思、人都在了。

草白的散文并不长,都是一些错落有致、直击内心的短章,寥寥几笔,一片灵魂的风景就出现了。打动我最深的,是她一篇名为《一个懂鸟语的人》的文章。她写了一个哑巴与鸟儿的无碍沟通,这确凿证明世间有我们听不见却真实存在的天籁。我分明感到,那哑巴的形象正是她对人类存在的一种认知。人,其实很大程度上对话语交流是不信任的,写作的人更是深谙这一点,因此,作家的孤独书写,便是对回答的不抱希冀,只求心间的话语物化为文字,得以自足自立。而鸟儿作为上帝的天使,又使那不求回答的话语,获得了神秘而超越的回应。因此,哑巴又何尝只是草白?我们每个人也许都是某种意义上的哑巴。那个哑巴的形象,从此在我心中留下了很深的印迹。

对她的散文,我实在还想多说几句。

我们不妨将她的《消失的孩子》视为一篇小小说,他的童年怎么就不见了?童年是什么?没有童年的童年,会是如何的境地?我回味了许久。还有《听话》一文,里边的祖母形象极为生动逼真,"听话"有了两重意思,一是听祖母说话这个行为,二是虽然听得太多而觉出了"重复的悲哀",却还是真正听进去了,将老人的美德铭记于心。那种微妙的情愫,在草白笔下缓缓流淌,温润人心。《野果》再次证明了"草白"这个笔名绝非随意而起,它注定了作者与大自然的无限亲近。吃,是人与自然最深层的接触,是把自然请到人的内部来的过程,这其间的奥妙,已经被草白发现,体现在她的生活中。她基本上是个素食主义者,最多喝喝鲫鱼豆腐汤什么的,讲究的是从外到内的清洁。

一个同龄人,写出这么好的作品,给我的鼓舞是巨大的。写作,是一件孤独的事情,滋养我们写作的,大多是一些历史上的亡灵或现实中的著名人物，他们有时离我们太过遥远了，因此，当身边出现了优秀的写作者，就像是在暗夜中遇到了同行者，可以给荒原上踟蹰的自己以巨大的慰藉，让我们在脆弱与迷惘之际，依旧敢于壮胆放歌。草白那森林般的宽容与神秘，让人乐于和她一起耽于做梦，轻松自在，故而我时常把一些未成熟的想法与她分享，这也是向她学习的过程。

某个周末，我和草白在网上狠狠聊了一次，好像聊到了凌晨，那对按时作息、生活规律的草白来说，尚属首次，估计网络那头的她早已是睡眼蒙眬了，但她拒不承认，带点逞强的味道。那次聊天，终于让我们接上了头，我们很开心，就像是两个蠢蠢欲动的革命党。对于现代文学的热爱，对于写作创新的渴望，都让我们兴奋和激动。我觉得我们应该一起做点什么，思来想去，便拉她和我一起参与台湾的联合文学新人奖，我告诉她，这是王小波得过的奖，你要能得，那就厉害了。我这么热情，是为了给自己壮胆；一起参与评奖，无疑是想把我们变成一起作战的战友。

草白一开始还有些犹豫，架不住我再三忽悠，她终于同意了，她说："好吧，我可是陪你的。"很快，她写了一个短篇，叫《木器》，写的是一个爱做木匠活的老爷爷，主题是死亡，叙述却有一种孩子气的单纯腔调。"爷爷老了，大概快一百岁了，一个人不是皇帝，却活那么久，这简直自取其辱。"开篇第一句，多好的语感。小说里有她散文的韵味，又多了想象、虚构与诗性，那个叙述的孩子，在我脑海里活灵活现的，就是童年的小草白。

几个月后的一天,草白神神秘秘地给我发了封邮件,她说有人通知她获奖了,但她觉得那是假的,是有人想骗她。我看了她转发来的贺信,上面言之凿凿地写着:"草白的短篇小说《木器》夺得了第25届台湾联合文学新人奖的首奖。"我瞬时就激动了,赶紧祝贺她。但我越是祝贺,她越是惶恐,她反复质疑这件事情的可信度,觉得也许是有人跟她恶作剧,甚至诈骗。因为那时还没到公布奖项的日子,她的那种态度,让我也迷惑了起来,现在网络骗子横行,莫不是像她说的,其中真有诈?我建议她给组委会邮箱发信确认下,然后还不忘提醒她,如果有人问她要钱说要寄证书奖杯什么的,一定不能给!

后来的事情,大家都知道了,草白无可置疑地荣获了那个奖。她去台湾环岛了一圈,给我寄了张明信片,上面印着一片开阔的海。再回想之前我们忐忑怀疑的情形,不免可笑了。时过境迁,现在回忆起来,充满了青春的杏仁滋味。我听说过许多这样好玩的故事:陪朋友去比赛、陪朋友去试镜、陪朋友去相亲……成功的似乎总是作陪的那个人,证明了"无心插柳柳成荫"才是至高无上的生活哲理。感谢草白,让我的生命中也有了这样的传奇。

《联合文学》有一期获奖专刊,记录了整个评奖的争辩过程,评委们一致地赞美了《木器》。我想,那个奖对草白是相当重要的,因为这不仅让她获得了认可,更重要的是,这让她意识到:"我是能写小说的!"随后,她便有一系列的小说喷薄而出。像是《土壤收集者》《惘然记》《我是格格巫》《热气球》《墨绿的心事》,都得到了许多读者的喜爱。如果说她的散文展现了她静思的一面,她的小说就打开了她想象的一面,我觉得后者对她来说,可能更重要,这也是她向往写小说的原因。过于静思的生活,需要跳跃、飞升甚至摔碎,才能保持生机与力量。这算是一种生命动力学的规律吗?我不敢确定,但草白随后的人生选择印证了这个判断。

草白原本有一份特别让我羡慕的工作,好像是在嘉兴的地方网站做编辑,非常轻松,大约下午四点的时候,她就下线回家,买菜做饭去了。因为已经面对了一天的网页,她晚上基本不上网,安安静静地读书养神。因此,要找她,必须要早。我非常羡慕这种赶早的人,我觉得个人的时间表能比社会时间早运行一会儿,就多了一份从容。但是,凡事总有例外,草白就属于这种例外。她跟我说,她不想工作了,想彻底自由,在家写作。我以为她说的是玩笑话,谁还没说过这样的话呢?我还专门写过一篇小说,就叫《辞职》,主人公因为一个游戏辞职后,无边的自由让他感到崩溃。所以不管她如何反复说,我都没放在心上,直到有一天,她真的辞职了。得知这个消息,我是相当愕然的,所幸,网络那头她也看不到,我心里很想说,做着那样清闲的工作,还需要辞职吗?

也许,怕被无边的自由吞噬,是一种典型的男性思维吧。男人这种社会化的动物,从社会之网中漏出来,一定会有深深的挫败感。这是我从草白随后的潇洒生活中,用逆向思维得出的一点感悟。女人并不惧怕自由,更能忍受虚无。就像草白,她不在自由的波涛上,而是在自由的深处,她的安静,她的母爱,她的沉思,她的自然,都让她可以成为自己的船锚。她有时间出游了,一时在青藏高原上驱车,欣赏天地大美;一时,又在云贵高原的洱海边独坐,感悟人生襟怀。我只能通过她的空间相册,追随她的步伐。再读到她的文字,多了复杂之美,她在变得丰富和充盈。我们,都在向人生的深流涉去。

多年的友情沉淀下来,彼此以及彼此间的交往方式,都成了生活中的一部分,虽未谋面,却总觉得像曾为同学一般,熟得不得了。因此,我似乎也没有了启程去见见朋友的动力,依旧随着生活的浪潮波动,沉溺在自己的环境里,心底倒是相信总有一天会相见,只是早晚罢了。2015年,机会终于来了,我冲到楼道,初次见到了故人。见面虽没有生分的感觉,但毕竟还是有了不同的感受。尤其对草白的笑容,印象特别深刻。以前见她,都是在照片上,她喜欢与草木合影,双目低垂,表情覆盖着一层淡淡的忧郁,甚或忧伤,但那表情中又夹杂着笃定与平淡。于是,我想象与她见面时,她的笑一定是安静的微笑,有洞察了岁月秘密的沉稳。及至见她,才发现她是开怀大笑的人,相处时大方得体,喝酒时浅尝辄止,既有亲和力,又有正能量,毫无忧郁的影子。

我知道她喜欢穿棉、麻的衣服,但没想到,她全部的衣服都是棉、麻的,连围巾也是,真是自然的女儿。印象中那些衣服似乎质朴低调,不算鲜艳,但仔细看过去,明明是很丰富的,红、蓝、绿等亮色全有,除了衣服的质料原因,更重要的是她自身的气质吧,那些颜色全都服从于她的气质表达。我们一群人在象山港坐船看海,她安静地待在船舷一侧,我时不时会想,这个女孩像是一株离开了陆地的草木,在海上她会孤独吗?我跟她聊天,她又笑了,像是一株在任何地方都能存活生长的植物。上岸后,我们在一片晾晒海带的"丛林"里照相留念,她和大海的头发站在一起,如同一枚别致的发卡。当镜头对准她的时候,她的笑容瞬间收敛了,那熟悉的忧郁又出现了,她甚至闭上眼睛,好像整个人退守到了自己的小天地内部,将我们撇在外边。看来,她更愿意让自己内在的一面被呈现出来,她与世界的关系,是一以贯之、不想伪饰的真诚。

当然,她笑起来很好看的,在这里想对她说,你下次多照几张开怀大笑的照片吧。

那次活动期间,还有个小插曲。某天下午,我们的参观车出发了,半途才发现草白不在,打电话过去,她说记错时间,睡过头了,那会儿已经来不及接她。晚上吃饭的时候,我见到她,问起这件事,她说是因为我告诉她错误的时间,实际一点半出发,我却说两点。我回忆起来,自己的确说了可能两点之类的话,但我午睡的时候,特意看了行程表,确认了时间,还专门调了闹钟。我下意识想,大家定会和我一样,回去看行程表的,谁想草白竟然对我的随口一说深信不疑,从这个细节上能看出她对朋友的信任,这让我大感抱歉。时隔许久,我再问她那天下午做什么了,她说她还是有点儿难过的,像是被抛弃了,只好逼着自己读书,那对她,成了难熬、难忘的一个下午。我忽然感到,自己对这位老友的敏感和脆弱,所知甚少。而这正是写作的动人之处,注定了她要独自驻守。

我从没见过一个人的网络签名,有草白这样精确:"世界人生虽即十分实在,其托置在无可奈何的迷惘之上却是事实,只有投身自然可稍稍减轻一些这份迷惘。"人最难的就是自知,可草白是十分了解自己的,她写下的,和她体验的,具有高度的一致性,这也是为什么她的文字具备击中人心的力量。那些文字,源自她生命中的真实。真实不是真理,那其中有如风的迷惘,让她摇曳、让她不安,但她愿意做草,做最朴实最顽强的植物,从此,没有什么能阻止她思想的自由,没有什么能阻止她的写作,没有什么能阻止她,尽情成为一名被自然宠爱的女儿。

2016 年 1 月 10 日

既年轻又苍老的灵魂

我第一次见李清源是在北京的鲁迅文学院。他戴着深蓝色的棒球帽，穿着一件绿色的夹克，脚蹬白色的旅游鞋，从走廊里匆匆走来。要不是那件夹克有点儿大，他简直是十足的潮人范儿。此前，我已经读过他的好几篇小说，《走失的卡诺》《苏让的救赎》等，其娴熟的叙事、精密的语言以及对人物命运的呈现与探究，都让我难忘。在杂志的宣传照片中，他似乎就戴着棒球帽，穿着那件有点儿宽大的夹克，面容冷峻地望向画面的另一侧。

一个置身北方冬天中的人。我记住了这个意象。

北京的初春，我们坐在他的房间里聊天。他身材消瘦，肤色红润，问起来，方知他比我要年长五岁，我一直以为他至多比我大两岁。原来，他曾经学的是中医，因此才保养得这么好。从此，我们班多了一个行色匆匆的医生，谁有个头疼脑热的，都会先找他。他也保持着多年行医的习惯，总随身带着一些药物，以备紧急之需。

我来到鲁院的前十天，天天晚上都和朋友见面畅谈，喝酒到了酗酒的程度。自知酒量不行,便多选择啤酒。十天之后的一个晚上,突然感到右边脚踝处疼痛,不知是扭伤还是痛风了。李清源医生及时赶到,给我开了药,我第二天就好多了。最让人难忘的还不是开药。印象中,在我脚痛的第二天早上八点半,有人来敲门。我下床,左脚点地,一跳一跃地去开门,只见李清源医生拿着几个饭盒,里面装满了早餐。晚起的我,这才首次品尝到了鲁院的早餐,觉得种类丰富齐全,让我对未来数月的每顿早餐充满了期待。但是,直到毕业,我去饭堂吃早餐的次数也屈指可数。这并不稀奇,稀奇的是,我后来才知道李清源医生吃早饭的次数同样寥寥无几。给我送餐的那次,也是他在鲁院的首顿早餐。

从此,我对这位兄长、朋友多了一份敬重。

除了我,他在鲁院还看好了不少人的病。但也有不灵的时候。一次,某女同学说想要二胎,计划五一假期回家"播种"。在食堂吃饭的时候,她叫李清源医生给她号号脉,李医生把脉良久,测得喜脉,说:"你还回去干什么?你已经有孕在身,还是个男孩。"女同学听闻大喜,家也不回了,安心在鲁院养胎。结果,直到毕业腹部依然平坦。这件事成了一个话题,经常被我拿来取笑。李医生说:"这不怪我,要怪得怪李时珍,他的书上就那样说的。"

不过,跟李清源逐渐熟悉后,我发现他并没有一打眼看上去那么年轻了。

原因有二:一是因为行医惯性,他经常说一些肝肾火旺之类的古奥名词，让人想起留着白须的老中医；一是他在古典文化中浸淫颇深，床头桌上时常摆放着一些竖排的古书，没有句读，没有注释，一般人望而生畏，他却读得津津有味。他诗词曲赋皆通，在家乡禹州早就是个人物。家乡政府请他写的赋文，如今已经勒石刻碑，永久竖立，这对拥有强烈乡关情怀的中国人来说，是一种莫大的荣耀。

他说起话来常用"家父""家母""内人"等敬称，让满口说着"我爸""我妈""老婆"之类的我们不大习惯。他似乎对此早有觉察，但积习难改。和这个习惯一样难改的是他的河南口音，他总是自嘲于此，时时让我们提醒他的发音。在首都熏陶四个月后，于鲁院毕业之际，他的普通话水平有了极大提升。

这个收获倒是鲁院经历的副产品。

现在回想起来，我跟他聊得最多的不是文学，而是历史。我们经常大开大合地纵论各个朝代、臧否其间人物，时而附和对方的观点，时而争执，是一件快事。他读历史，多是读原典，掺以汉学，而我读历史，多是读今人著作，原典为辅，因此，很多时候，他的一些观点值得我深思。但也有时候，我觉得他不免偏激，对历史之恶完全不能容忍，这亦延伸到他的生活当中，成为他交友的准则。

这就是我接下来要说的，和他做朋友久了，又觉得他年轻了。

这次的年轻，不是外表上的，而是内心中的。我发觉他虽然较我年长,但实在是少年心性,喜怒完全形于色,也完全靠一己的观念、情感去判断人和事。这让他浑身长满了看不见的刺,偶尔会扎伤一些并不了解他的人,同时,这股力量也会反过来伤到他自己。因此,他时时陷入愤怒与无奈当中。他鲜明的个性,注定了他要成为一名作家,而他的内心冲突,也会化为他的艺术动力。对此我也非常惊讶,因为他明明比我年长五岁,棱角居然还能如此锋利。在中国崇尚内方外圆的语境中,他真是一个异类。我一方面希望他能保持这种锐利,助力他的艺术,一方面又希望他多些平和,可以活得不那么苦。说得远一些,艺术的终极还是和解与宽容。我们都要经历万千磨砺,绝不廉价地屈从,在那其中获得我们的修为。

鲁院毕业后,因为一些文学活动,我们又见面了。一段时间不见,我看清了他脸上的皱纹,以及他的沧桑。我想,清源老兄终究是不再年轻了。

他很早就出来闯世界(据说很早就来过我此时置身的广州),历经艰辛,又回到家乡开诊所。但因年轻,一开始病人很少,大量时间无事可做,就读读书,上上网,间或也写点东西。他的第一个长篇就是这时候写的。之后病人渐多,诊所忙起来了,也就不再写了,直到七年后改行,去郑州一家文化公司工作,才又重新开始写作。就在他来鲁院的前一年,他的创作正处于一个井喷时期。文学青年心目中的圣殿之一:《当代》杂志,居然在一年内头题发表了他三个中篇。在《当代》的历史上,还是第一次这么大力推新作者。我经常跟他开玩笑说:

"你在《当代》开小说专栏啦。"因此,2015年底的时候,他荣膺了《当代》杂志举办的小说拉力赛总冠军,这也是没有悬念的事情。

说到那空缺的七年,从言辞之间能感受到他的一点遗憾。但我认为,这七年不是一种没有价值的浪费,对他来说,甚至是至关重要的,他和生活近身肉搏,获得的甘苦百味,都是艺术的绝佳宝藏。我这么安慰他,他自然附和,但他内心深处依然有种焦虑。

是的,他也觉得自己不再年轻了,故而感到焦虑,试图将失去的七年追回来。我们在鲁院这个中枢站点的时候,天南海北的朋友你来我往,聚会很多,可他经常借故推辞。这跟他不喜欢交际有关,但也未必不是想把时间用起来写点东西。我记忆中,某天下午,时已盛夏,我去敲他房门,他答应着却很久才开门,他解释说因为天热,只穿了短裤在写。往里一望,窗帘还关着,黑麻麻的房间里只有电脑屏幕闪着亮光,像是一个通往外界的洞穴入口。

不过,坦率说,鲁院那个环境可能并不适合他写作。在鲁院期间,他计划写两个中篇,已开手写了不少,但感觉不好,都废掉了,最终似乎只完成了一个短篇。对于文学,他有他的坚持和要求,并不惜为此吃苦头。他的那种心态,我特别理解,特别感同身受。但我同时也知道,我并不能完全理解他的世界:他是两个孩子的父亲,肩扛重负与责任;他是行走大地的彷徨者,他有他的困惑与际遇;还有他的苦难与欢欣、他对于世界的希望与绝望，都不能让我完全理解，也不必为我理解。那是他的道与路。

我刚到鲁院不久的时候，一个导演曾说想改编我的小说。清源知道后，特意陪我一起去。他从事过相关的工作，知道一些"江湖"规则，生怕我初涉此道栽跟头。我当时就意识到，他是个特别善于讲故事（小说家的看家本领之一）的小说家，只要他肯去从事编剧这个行当，估计马上就会有非同凡响的表现。但他依然热爱文学，尤其热爱小说，非要先专注地写小说。这几乎是许多优秀小说家的一种"病"：哪怕给很多烂剧编一集赚钱胜过写一个长篇，他们还是会选择后者。这"病"病得好，因为这病，文学在这个时代的尊严才鲜明起来。我尊重一切得了此病的作家。清源身染此病已经很重了，他正在酝酿几部大作品，这将耗去他未来几年巨大的精力与体力，但他一定会高兴的。

创造艺术的愉悦，一定会让他再度青春起来。我期待着那个记忆中第一次见到的年轻人，在未来再一次步履轻快地朝我走来。

2016 年 10 月 29 日

那个自律而优雅的写作者

我刚刚认识郭爽的时候,她有个笔名叫米亚,广州的很多文学活动都由米亚来主持。米亚毕业于厦门大学中文系,在《南方都市报》工作,是从容得体的媒体人,看上去无疑是时尚的,优雅的,文艺的,谈论起文学来常常有着不一样的见地。她告诉我,她也写小说。这不新奇,以她的素养写写小说有什么好奇怪的。但是,某日,我看了她的小说,那是她当时唯一发表过的作品,它让我产生了极为深刻的印象:写得好倒在其次,首先,写这篇小说的作者跟我认识的那个叫米亚的主持人完全不是同一个人。她的小说远离都市,远离时尚,甚至远离优雅,充斥着西南大厂的气息。

"你是厂院子弟?"我的问题笨拙而直接。我想那其中生机勃勃的气息一定出自她的童年记忆。

"没有。"她的回答总是很短促,跟她的人一样,有些冷冷的。

"跟你没关?"

"没关,虚构的。"

纯然虚构并不稀奇,但虚构那样一个与自己的生活有些遥远的世界,一个气喘吁吁的、即将被淘汰的边缘世界,还是让我惊喜又迷惑。

迷惑是因为现在大部分的写作都是跟一个人自身的生命经验或世俗欲望有关系的,换句话说,不会离自己的生活和身体太远。但当我们把熟悉的经验当成是文学的可靠填充物之际,对另外一种陌生的乃至异质的生活是否会失去理解的能力呢?这不仅仅是写作能力的问题,还涉及写作的伦理与哲学。而郭爽一开始写作就用虚构把遥远的生活跟自己联系在了一起,这是有难度的写作。也许记者的职业对她有所助力,让她能够有机会接触不同的社会层面,并秉持一种人文关怀色彩的思考。郭爽的写作于是像鲁迅先生说的那样:"无穷的远方,无数的人们,都和我有关。"

这样的写作开端,起点已经非常高了。

几年后,郭爽辞掉了工作,在家写作。这时我们已经熟悉起来,她除了冰冷简短的回复之外,也会一时兴起对你进行连珠炮似的话语轰炸。她说了那么多让朋友不用担心的话,我也就不担心了。因为,她很快就获了台湾的一个文学奖,小说也入选了《收获》杂志的"青年作家专号"。如今,漂亮的小说集《正午时踏进光焰》面世了。

这次集中读她的作品,首先还是觉得她做到了远方和自己有关。这种"有关"不是一种张扬的口号,要落实在写作中是有相当难度的。所幸,她并没有从这个地方滑过去。"远方和人们与我有关"自然是诗意的,是动人的,但究竟为什么"有关"呢?这是一个根本性的问题。她不矫饰,努力贴着人物写,让另一个世界活灵活现,甚至尘土飞扬。她这么写完之后,却一点儿也没有得意洋洋,而是很坦诚地在后记里写出自己的困惑。她对"有关"还没有一个终极的答案,她还在思考。她认为那些人物自成一格,她只能守望他们,他们大过了她这个叙事人。她的这种坦诚,令我极为佩服。我想,我们每一个作家都应该思考为何"有关"、又如何"有关"的问题。

那么郭爽是如何"有关"的呢?除却她的记者经验,更重要的是她是在用现实的背景来校正自己。她在寻求对话,尤其是和父辈的对话。这是她在精神层面开启的一次重要探询。比如她获台湾的文学奖的小说《拱猪》,就是将父辈的经验、生活跟年轻人的激情、状态置放在一起,不仅开阔了叙事的空间,也开阔了心灵的空间。她用自己的精神之眼、想象力之眼去复原父辈们的生活,有着一种当代史的自觉意识。我特别期待她能保持住这种眼光。例如在中篇小说《九重葛》里,她的眼光是堪称毒辣的,人们像随意生长的植物一般活着,以至于有人批评她在精神上对人物的关怀不够。但张爱玲说得好:"孤独的人有他们自己的泥沼。"郭爽尽力写着平凡生命在"泥沼"中的生存与挣扎,在那个过程中他们展现出了可怕的柔韧维度,我想,她对他们的柔韧是怀着赞叹的。正如她引用了肖斯塔科维奇的话:"要爱就爱黑黑的我们,反正白白的我们任何人都会爱。"她要忽略掉那些表面上"人人都会爱"的花纹，深入到"黑黑的我们"当中。因此，她的情绪是对"黑黑的我们"的赞叹，而不是赞同。这样的赞叹便是一种个人化的关怀，她为此付出了极大的努力。为了更好地理解父辈，她不惜动用自己的出生地经验，她作品中大西南的方言便是来自她出生的省份贵州，那股子酸辣的气息确确实实令人有了酸爽的阅读快感。

我似乎把郭爽的小说描述成了一种现实主义的爽文，其实并非如此，她的小说跟她这个人一样，具有极为冲突的多面性。小说集《正午时踏进光焰》中还有几篇小说，如《清洁》《蹦床》《饲猫》，我也是比较喜欢的。这几篇小说尽管显得更加简洁，但比较难复述，因为里边充满了现代主义的象征意味。她用并不复杂的叙事，逼近了一种生命内在的复杂体验。从艺术的层面来讲，这种写作的难度是更大的。如果说小说家是类似魔术师那样的职业，那么郭爽已经掌握了变形与飞行的能力。她喜欢正午时分最为明亮的光焰，那正是光之源头，也是艺术的起源。毫无疑问，这代表了郭爽在未来写作的更多可能性。就在这本小说集出版后不久，她的非虚构作品集《我愿意学习发抖》也出版了，从此，郭爽成了在两条乃至三条道路上行走的作家，现实主义和现代主义在她身上都扎稳了脚跟，虚构与非虚构在她手中并驾齐驱。她有潜力让我们继续惊喜和迷惑。

2019 年 6 月 10 日

在南方虚度光阴

> 尽管时过境迁，可文学的理想何曾湮灭，只不过在人生的道路上，我们被迫修改那理想的参数。但任何一个真正的写作者都知道那是不可能的。
>
> ——题记

我至今还记得和马拉先生的第一次会面。

马拉先生是他的QQ名，所以我习惯叫他马拉先生，而不是马拉。他本名叫李智勇，写诗的笔名叫木知力，也就是本名的一半。他同时写小说，写小说的笔名就叫马拉。这是个小说的年代，虽然我认为木知力的诗不逊色于马拉的小说，但马拉的声名逐渐取代了木知力，最终吞噬了木知力。这个本名李智勇的人，从此只剩下一个笔名，发表诗歌时的署名也变成了马拉。可以说，马拉治愈了李智勇在写作中的人格分裂症，统一了李智勇心中不安分的文学江湖。

背景铺垫讲完，我们继续回忆。那天下午，我从广州寓所附近的地铁站出发，换了一次线，到达广州南站，巨大的穹顶让我一阵眩晕,我像迷路的小鸟那样紧张地判断着方向。经过一番折腾,终于坐上了轻轨,那时天已经黑了,车窗外除了偶尔涌现的灯火,都像在地下一样漆黑,让我觉得自己仍然坐在一列没有终点的地铁上。

约莫半个小时后,我出现在中山北站。我在恍惚中走过车站广场,钻进一辆的士,奔赴马拉先生已经入座的酒家。据他的短信告知,那里早已围坐了一群文艺男女,他们不顾我这个远道而来的客人,兀自将饭菜享用过半,谈话更是渐入佳境。我心里不禁焦急万分,腹中更是哀鸣四起。望着中山市整洁的市容,以及街角闪过的人影,我想起了马拉先生的诗集《安静的先生》,其中的同题诗有这样的句子:"他倒下去/浑身长出枝桠/一个安静的人/一生没有惊动鸟雀。"我反复在饥饿中吟咏、品味,不得不说,这是一个多么谦卑的梦想啊,与那些浮躁而焦虑的人群形成了鲜明的对比。看来,马拉先生一定是个安静的先生。

车停了,我迅速奔向房间,然后看到了一片形态各异的脸,我的目光沉没在了表情的海洋里。靠门的位置上坐着一个彪形大汉,紫红色的大脸,一双炯炯有神的小眼睛盯着我。我回视他,脑中迅速检索,好像有点儿面熟,便仗着胆子问:"你是马拉先生吗?"紫红色的大脸上下动了,我松了一口气,赶紧自报家门,他指了指身边的椅子,说:"一直给你留着呢。"我刚坐稳,他端了一杯啤酒放在我面前,然后就要和我碰杯,我赶紧求饶,他不依,二话不说,昂起粗壮的脖子就一饮而尽,有神的小眼睛继续逼视着我。我再不喝,那逼视就要变成鄙视了。我只得从命。安静的先生?喝酒的汉子?在酒精的苦涩中,我暗自嘀咕了半天。

　　他为我一一介绍了在座的朋友,先是两位画家,刘春潮擅长漆画,林青峰擅长油画。然后是两位散文家谭功才、杰琦,最后是青年诗人徐林。当然,他们个别人还带了如花女眷,这个得允许我略过不提。相识之后,大家就开始交谈了,话题始终保持在文艺范围内,重新抬头看满桌的残羹冷炙,竟觉得亲切了。这位壮汉在言谈中,也显现出了"安静"的品质,他爱憎分明,对文学艺术有着自己出乎天性的判断,有时用词甚为激烈,好像为了维护心中的安静,他不得不拿出拳头来保护。在临结束之际,他脱去上衣,光着膀子,站在餐桌上朗诵了自己的诗歌。他原本就高大,站在餐桌上,那简直像金刚一样可怕,但他朗诵的却是诗歌,是最温柔的事物。那天晚上我们应该聊到了很晚,在酒精的麻醉中疲惫睡去,但心中装着沉甸甸的文学情谊。第二天,我在岭南浓密的阳光下重新审视他,发现他的脸很清秀,昨天的紫红色早已不知去向,说话的声音也变小了,恢复了安静先生的本相。

　　我详细描述这次会面,是因为这是一次作为开端的会面,从此以后,我们时常重复这样的旅程,成了熟门熟路、无话不谈的好友。他有时会沿着相反的路线来到广州,喝得酩酊大醉,然后回家或是去到别的更远的地方。我曾和他跟着谭功才去到了恩施土家族的大山里,当地的文学氛围之浓厚让我至今难忘。

因为马拉先生,我喜欢上了中山这座城市。其实,我与"中山"这两个字的缘分是很深的。我读的大学就是中山大学,有人误以为它在中山,我也强不到哪里去,我曾经以为它在南京。记得当年刚入学,作为大一大二的新生要在珠海校区学习,大三大四才回广州。我到珠海的第一个周末就去了如今位于中山市的翠亨村,拜谒了孙中山先生的故居。毕业后,更是差点来中山工作。后来,我在广州一家学术杂志任职时,还多次赴中山实地考察"香山文化"。即便如此,很久以来,我总觉得对中山的感受始终还是停留在概念上,无法摆脱一个局外人的视角,去获得文化的内在理解。结识马拉先生以后,我才感到自己开始逐渐进入了中山的"内部",他的生活、他的作品、他的状态,都让我触摸到这座城市的体温。"香山文化"这个概念中的包容、创新、碰撞与融合等描述,让我找到了鲜活的支点。当然,这些话我从来也没告诉过他。

通过马拉先生,我在这里陆续又认识了诗人倮倮、散文家谭功才等俊杰,还多次和来自甘肃的作家弋舟和来自广西的作家黄土路相聚,当然,此地的文化吸引力不见得多么强大,他们的到来都是因为马拉先生。朋友们在这里聚会,从安静的写作中抽离,进行暂时的放松,这是一种文学的喧嚣,颇有接续古人雅聚之感。这样的聚会,无疑巩固了各自的文学理想。我想到了马拉先生的一首诗,在诗中他先是"西北望长安",然后转身发现"中山了无剑气"。我们清楚,这其实是一种有关中心与边缘的微妙说法,不乏反讽的意味。但实际上,吊诡的是,没有剑气凌人的时候,长安的精神反而出现了,也就是那种包容、自由与创造的精神。在中山生活的这些作家朋友们用行动证实了这一点。他们开始策划一场场文学活动,比如中国 70 后诗人手稿展等。然后,他们的行动范围逐渐扩大,这集中体现在"虚度光阴"文化餐吧的创建上边。

这是一个把餐饮、文学和美术集合在一起的空间。对于老百姓来说,它就是一个餐厅,可对于文艺青年而言,它是一个释放内心情怀的好地方。著名诗人洛夫先生题写了"虚度光阴"四个字,而我也有幸成了它的驻馆小说家。现在想来,这是一件多么可爱的事情,似乎我成了一个在餐厅写作的古典作家。如果真能驻扎在餐厅内,过上饭来伸嘴的生活该有多好,但实际上我只能是借着活动的机会,才能吃到"虚度光阴"的饭菜,那鲜美火辣的湘菜风格让我难忘。

除了驻馆小说家,还有驻馆画家,后来还请了驻馆歌手。文学和艺术的实践在吃吃喝喝的餐厅如火如荼地开展起来。首先是评出了一个诗歌奖,奖品就是驻馆画家的油画作品。接下来是研讨会,我和诗人唐不遇的作品在餐厅里边得到了研讨。那是我作品的第一次研讨会,我很高兴它是这样别开生面的形式:大家坐在餐厅里而不是会议室里。诗歌朗诵会的地点更是出人意料,一群诗人涌现在奢华的 KTV 包间里,原本用于假模假式、胡乱嘶吼的消费主义空间,被诗歌的声音占领,负责房间的经理露出了极端诧异的表情。太好了,就是要这样的表情。我终于感受到了来自民间、来自哥们的文学原力。在这样的氛围中,"虚度光阴"越来越壮大,甚至将拍摄电影这种大项目都提上了日程。经营方面能取得这么好的开端,除了马拉先生的热情,还有赖于诗人倮倮的保驾护航。倮倮在朋友们心中是诗人,但他实际上是个相当成功的企业家,有自己的大品牌。关于他的诗歌,我专门写文章表达过赞赏。

不过,热闹归热闹,我从没想到马拉先生会为了"虚度光阴"辞职,我没想到他有这样的勇气。他原本有一份特别稳定、待遇相当优越的工作,不妨直说了吧,就是烟草公司。顺便说一句,他似乎很少抽烟。烟草公司的福利众所周知,在里边即便混日子,都能获得很高的收入。作家弋舟曾戏称马拉先生在烟草公司的生活有一种典型的小职员特色,不知道马拉先生是想反抗这种强加的断语,还是出自本能的爆发,他毅然辞职了。在这方面,他对外表现得很淡然,确实有种"安静的先生"的低调。无论如何,我都要对他表示敬意。一个行动起来的作家,不论作品还是生命,也许都会有更多的惊喜。

当然,时隔多年以后,我们一起去宜宾领十月文学奖的路上深聊,他对此有过一点反思,他隐约表达了如果晚点辞职对社会经验积累也许更有利。但这个反思已经是十年之后了,是以一个中年人的目光在看一个青年人的激情,权当是一种小说家的表述。因为我相信,假如时光倒流,他依然会辞职的。他在本性上就不是一个能被体制束缚的人,即便他有屈身体制求得生存乃至发展的能力。

当马拉先生和他的同道们以文化的方式做文化、以商业的方式做商业之时,他们巧妙地找到了这两者的结合点,毋庸置疑,结果是出人意料的好。所谓"虚度光阴",这个消极的命名,正如我之前分析的,他们正是以消极的姿态做积极的事情。他们再一次证明,去掉了那些压迫人的"剑气","长安"的精神自然就会出现,即便是在我们虚度光阴的时候。因此,在南方之南的"虚度光阴"以一种率性的诗学,成了一大批文艺人的庇护所,不论是空间意义上的,还是精神意义上的。马拉先生也藉此彻底摆脱了小职员的身份,身份变得暧昧而多义起来,仿佛是他自己写就的一篇小说。

原本故事就是在这里结束的,因为这篇文章有些部分是数年前所写。我很少修改旧作,我宁可让旧作保持固有的样子,用来展示时间的鲜明刻度。但此次不同,面对这篇旧作,我有种不得不补充的心情。并不是我想修改这篇文章,而是时光在修改我们的人生:在马拉先生辞职专心从事"虚度光阴"数年之后,他们的事业抵达了巅峰,广州的分店事宜也提上了日程,但转眼间,其中的细节原因都不为我所知的情况下,这个品牌便不在了。正当朋友们还在唏嘘之际,一场大瘟疫又席卷全球,似乎这个品牌的早夭又成了幸运。这种幸运让人一点也高兴不起来,总觉得是世事无常的一种戏弄。好在马拉先生在这些年里一点儿也没虚度光阴,他去中国人民大学读了创造性写作方向的硕士,又回到中山当了中山市作协主席。这听起来很官方,但实际上这是一个不拿工资的荣誉职位。马拉先生愿意为这个城市的同道继续做一些事情。也许在他的心中,"作协"和"虚度光阴"都是差不多的东西,一种看不见却能聚气的神秘容器。

但我们的联系变少了。也许是因为有了微信,朋友圈天天都能看到马拉先生的生活感言,他的勇气、智慧与不羁让人羡慕,像这样敢怎么想就怎么说的人,至少在我的朋友圈找不到第二个。他的诗越来越好,他写好就发表在朋友圈,我们能第一时间读到,这让我这个老朋友暗暗感慨,木知力还在,只是隐姓埋名,但依然活在李智勇的诗歌里,保持着很多年以前——我认识他以前的那个灵魂。想到这些,我又觉得我们联系少不只是因为微信,还有更多别的原因。

随着时间的推移,我们的世界开始衰老,我们认识的人越来越多,但联系的人越来越少。我指的是那种不因为什么具体的事情去联系的人。当年的激情被损耗,没有损耗的部分却折磨着我们,无处安放,让我们痛苦。尽管时过境迁,可文学的理想何曾湮灭,只不过在人生的道路上,我们被迫修改那理想的参数。但任何一个真正的写作者都知道那是不可能的。在既往的布迪厄意义上的双重挑战之外,现在人工智能又似乎要觉醒,用自动生成代替作家的呕心沥血,让写作再一次面临降沉的危机。只需要用常识就可以判断,人工智能写作永远也不可能超过优秀的作家,因为这涉及新鲜的生活经验的转化，而人工智能是没有经验的，只有存量的数据。可大部分人不会明白这点，会被人工智能生成的文字模型蒙混过去，那是伪文学，只能作为某种辅助与参考。不得不再感叹一声，不是每个人都明白文学的精髓所在，文学作为职业在未来必然更加萎缩。一个作家面对这样的历史趋势，除了更勤奋地写作，没有别的办法。这个时候，我会想起那个在南方梦想着虚度光阴的马拉先生，一个用写作和实践改变了"虚度光阴"这个原本是贬义词的朋友。这里的"虚度"应该解释为"以虚构度过"的意思，这是对作家最准确的定义。

　　作为餐厅的"虚度光阴"虽然已经消失不见，但"虚度光阴"作为一种精神态度依然沉淀在马拉先生的文字里。这个写作的人彻底回归到了最朴素的生活中，没有了烟草公司的高福利，也没有了餐厅营业的喧嚣。他才是名副其实的职业作家，而我们除了写作，还在为生活东奔西走，谋取一个位置或是至少保持一种职业身份。他也不同于二十世纪九十年代兴起的"自由撰稿人"，那时候的自由撰稿人大部分写的都是商业性的文字，那是中国纸媒的全盛期，而现在则是全球纸媒的黄昏时分。当年那些"自由撰稿人"在今天已经变成了短视频的流量博主，他们才不会虚度光阴，他们更不会理解什么是虚度光阴。但真正的作家完全不同，他必须跟他的语言、他的虚构、他的生活、他的时代、他的世界守在一起，他是如此笨拙，没有办法适应这个时代的快速变化。很多著名的作家能够适应这个自媒体的时代,并非因为自身的迎合,而是他的象征价值与商业价值让时代主动包围了他们。如果很多年轻的写作者不懂得这个简单的真相,就会在迷茫中受挫,他们不明白为何自己想要借助流行的方式宣传作品却总是应者寥寥。一个文学新人如果能够借助流行的方式获得成功,要么他写的东西适应大众流行的趣味,要么是背后有资本或机构的运作。如果一个写作者不想改变自己,那就只能成为"安静的先生"。从姿势的优雅性来说,最好是像马拉先生那样,主动成为"安静的先生"。"安静的先生"就是时代的钉子户,他们锁定一些古老的价值,等待释放的时机。

  人类文明正处于巨变期,一个告别的时代早就到来。我们都成了没有故乡的人,无论是在地理上还是精神上。我想起迄今最后一次看见马拉先生哭泣,是一次文学会议结束后,朋友们吃饭饮酒,他在席间突然泣不成声。询问之下,方知他的故乡已经被改造成了机场,所有的痕迹都被推平了。大家一时哽咽,也不知该如何安慰,因为没有几个人的故乡还是存在的。我就找不回我记忆中的故乡,以及一连串生活过的地方的痕迹,都被重建乃至重置了,在崭新的建筑和景观里边没有记忆。鲁迅说自己的记忆是"历史的中间物",但鲁迅的故居还在,而我们已经找不到自己童年的房子,即便在原址一比一复制重建,窗外的风景也已不同。我们成了历史的消失物。所以,马拉先生应该哭,而不应该像我们那样掩饰自己的情感。马拉先生哭泣着,喝下了更多的酒。我们也喝下了更多的酒。我深深意识到，在此之后，还有更多的酒等着我们去喝。比如此刻，我决定结束这篇文章，赶紧出门坐动车去中山，去找马拉先生喝几杯。

2016年6月初稿，
2024年3月10日增补

严重的时刻

我在他的办公桌上看到了一个手掌大小的透明塑料牌,在他的照片下边写着一行典雅的楷体字:"修身洁行,言必由绳墨。"

他的办公桌和我的一样有些凌乱,侧桌上还放着两件没有拆开包装袋的白衬衣,那是和应急服搭配穿的内衣,他只穿走了应急衣。他和其他顽劣的男孩子一样惧怕雪白的衬衣,因为它们太不耐脏了。

他自己选的那句座右铭像一道闪电,让我有一瞬间仿佛能够窥见他的内心世界。使一个人和其他的人区别开来的,便是内心世界,而不是或整齐或凌乱的桌面。只有当我们触及另一个人的内心世界,才可以谈论所谓的人生。

我凝视着这个他日复一日注视着的塑料牌,试图在凝视中超越时间的界限,感受到他的凝视,从而和他对视。他的照片是如此普通:红色的背景,红色的带着白色斜纹的领带,白衬衣。这是一张典型的证件照。他是如此年轻,紧闭的嘴角,收紧的两腮,像身边的年轻人一样,憋着一股子劲儿,想干一些比自己曾经预想过的更大的事儿。在照片的右侧，写着他的名字：王烁。

很遗憾，说遗憾可能不妥，是很残酷，我第一次听说他的名字的时候，就是他的死讯。我在每天必看的疫情新闻里看到了他的名字。新闻专门提到了他的年龄，36岁，生于1984年，比我还小两岁。作为同代人，我感受到一种电击般的神秘频率。我细读他的事迹，才发现原来他是广东支援湖北荆州的医护人员，任务已经完成，马上就要返回广州了。那天晚上，他吃完晚饭，稍微休息了一会儿，就和同事起身，向下一个小区走去，继续查看疫情防控的情况。晚上有晚上的新情况，是白天发现不了的。他们边走边聊，在这个新冠病毒肆虐的时期，路上安静得吓人，几乎没有什么人影，更别说车了。可突然，一个喝醉的司机，驾驶着一辆面包车，从他们后边开了过来，在那一瞬间，什么都来不及了，汽车在夜色中撞倒了他，他的生命及内在的世界就在这样可怕的偶然性中完全破碎了。

很快，身边的朋友们就开始谈论起他的悲剧。悲剧有很多种，比如在这场疫情中，有很多医护人员在救治病人的过程中，被病毒感染，甚至死亡，这是毋庸置疑的悲剧，是值得我们刻骨铭心地去记忆和纪念的悲剧。但他的悲剧与他们的稍稍不同：他在拯救了很多人的生命之后，才刚刚确认过自己的生命价值，就被突如其来的荒诞和偶然夺走了生命。他一定无法接受这样的结局，因为这样的结局不在他斗争的范围之内。

那段时间,他一定认为自己的敌人只有那看不见的细微病毒,它们在空气中弥漫,伺机进入某一个人的呼吸,然后感染他的肺泡,以及各种能够侵占和杀伤的脏器。他凝聚起全部的生命能量和毕生所学,在看不见的幽灵和一刻也不能停歇的呼吸之间,努力建构着屏障,而实际上,这道屏障对于我们这些普通人来说,也是看不见的。

他过世的这天是2020年3月13日。在差不多一个月前,准确地说,是2020年2月18日凌晨1点47分,他发布了他朋友圈里的最后一条信息:"云水入荆湘,古来鱼鸟乡。新冠毒,很嚣张,荆楚大地尽肆虐。精兵猛将出南粤,不查真相终不还!"有些诗的格式,有些诗的韵味,但更多的是激情。在个人化的朋友圈发布这样的信息,不同于在公开场合高谈阔论,这一定是非常真诚的,是不需伪饰的。在这么深的夜,一个瘟疫蔓延的寒冷凌晨,他刚刚抵达湖北荆州,发布这样一条信息,与其说是给朋友圈的朋友们看,还不如说是给自己看的。这就像是自己给自己的打气,也许,那一刻,他的心间还弥漫过恐怖的气息。他有深爱的妻子,他有两个可爱的孩子,女儿五岁,儿子三岁,他会因为牵挂而忌惮,在这个荒寒的前景未明的时刻,他必须要给自己打气。因为他是自己选择来到这里的,没有任何人逼迫他,他觉得自己应该来尽一点力。而正因为如此,他必须证明自己的选择。这个选择不是判断题,没有对或错这样截然分明的选项,他需要证明的是这个选择背后的生而为人的价值观念。

于是,我们才能理解,为什么他到达荆州之后,再也没有发过一条朋友圈。他不需要作秀,甚至无暇去记录,他打定主意来真格的。他知道生命意味着什么。他每天都在路上,已经忙到了身体的极限。他一大早起床,匆匆洗漱完吃点早餐后,八点多就出门,经过一个上午的调查研究,中午急匆匆吃完饭,立刻就得撰写调查报告。写完后,不可能午休,得立刻奔赴新的地方,调查新的情况,跑到哪里,就在哪里吃饭,席地而坐吃份盒饭再起身干活,对他和队友来说是不值一提的平常事。直到晚上十点多,他才回到住地,依然不能马上休息,还得加班写调查报告。这是可怕的新冠病毒,汇总情况越及时,越能产生有效的防控策略,扎实地去行动。所以,假如能提前一个小时、半个小时甚至一刻钟,都可能挽救远不止一个人的生命。这样的时间换算法,会让人承担多大的精神压力,包括我在内的大部分人是无法想象的。他和队友在不到一个月的时间内就跑遍了荆州市的两个区和六个县(含县级市),足迹遍布各级疾控机构、定点医院、发热门诊、集中隔离点以及广大社区、农村,不仅要追击病毒的踪迹,还要迅速摸清荆州疫情的防控情况,先后向各级指挥部发出报告10份、工作指引和技术方案19份、疫情分析简报22份、疫情信息快报32期、整改建议53条,为防控疫情工作提供科学依据。光是这些数据就能让我们直观地感受到他们巨大的工作量,还不论其中所面临的困难与危险。

　　他的工作不像方舱医院或重症病房的医生,直接面对那些已经被感染的病人;他得实地调查,综合线索,像侦探那样分析纷乱表象下的真相。他究竟在调查什么呢?城市里的花园小区有完善的保安管理机制,防疫机制能很好地建立起来。但是,从空间上来看,城郊有多少没有小区和保安的单体楼,城市以外的广袤乡野,还有多少没法进行网格化严密防控的空白地带?那样的空白地带就需要他这样的人去摸查清楚。他们主动去感染风险最高的地方,一个接一个地对确诊者、疑似者和密切接触者进行面对面的访问和调查,从而追查到传染的源头及其路径。也只有这样,才能做到更全面的防控。在他生命的最后时刻,那个和他并排行走聊天的战友,李旭东医生,在车祸中劫后余生,肯定在很长一段时间里不敢仔细去回忆和他的点点滴滴,在病毒的阴影下天天合作算得上过命之交,更何况他们又一同经历了那场可怕的荒诞与偶然,李医生的生命里边必然嵌合了他的生命。"王烁总是冲在最前边,"李医生在接受采访时说道,"但他又特别细心,有一次,我们准备走进发热病人隔离点时,他叫住我,把我的防护服从头到脚、认认真真地检查一遍,才放心。"因此,与其说是年轻人的激情或者初生牛犊不怕虎的勇气让他冲在了最前边,不如说是他的善良。他的善良让他本能地想要保护好身边的每一个人,他的善良不允许他在视线所及之处看到任何瑕疵。

"修身洁行,言必由绳墨。"王安石的这句话讲的是人要完善内在的道德,要控制好自己的一言一行,使其符合道德的准则;但并没有讲人必须要冲在最前方,要把他人的生命看得比自己的生命更重要。当然,无私奉献是道德修炼所渴求的最高境界,但这已经超越了道德的绳墨,任何时代、任何文化的道德都无法这样去要求人。但是,在任何时代、任何文化中总有这样的人,并没有思虑过多,让自己多付出一些,多往前站一步,那几乎是一种本能。就像他和队友每次去做流行病调查时,他都兼职做司机。在紧张忙碌的调查工作之后,别人还可以在车上稍稍休息一下,他却一直提着劲,竭尽自己的全力。队友们看不过去了,要跟他换着开车,但他总是坚持,实在被要求得厉害了,他就说:"我比较年轻,你们赶紧休息。"我总忘记他是个年轻人,因为我想,我们已经不再那么年轻了。年轻只是个相对的概念,不会让人天然具备一种美德。而在他的身上,年轻是善良的一种绝佳掩护,也是他对自己的期待:我还年轻,还有无数的可能性在前方等待着我。在他心底,在那些绳墨的背后,是他的善良的本能,是他依然怀揣的可能性——希望的一种别称。那他本性中的善良又是什么呢?无疑是他对生命本身的无限热爱以及深度理解。

他在广东省职业病防治院工作。如果你打开这个防治院的主页,就可以看到在最醒目的位置上,文章的主题都是关于如何避免在极限工作环境中受到伤害的,比如低温作业对人的影响,高温作业对人的影响,放射性环境对人的影响,粉尘环境对人的影响,如何做好防护,等等。他所在的部门是职业卫生评价所,这个所组建于2003年8月,在电梯口贴着这样的简介:"主要承担新建、改建、扩建、技术改造、技术引进建设项目(工业企业和放射诊疗装置)的职业病危害预评价、控制效果评价以及现状评价工作。科室以防控职业病、幸福劳动者为目标……"我们所能够想到的职业病,除了久坐办公室产生的颈椎、腰椎问题,大概就是一些烟雾弥漫的煤矿业的后遗症了。可实际上,环境危险的工作太多了,有太多的人不得不日复一日面临那样的危险环境。对他们最好的关爱就是在最大程度上降低环境的隐患,让他们和其他人一样,能够安全、有尊严地从事工作。他就是他们这个群体的医生。

我们恐怕还不了解一个概念,那就是"群体医学"。我们生病,去医院找医生看病,这属于"个体医学"的范畴,医生的医疗方案都是针对每个看病的患者做出的。但"群体医学"是研究疾病如何在人群中发生的。这不仅仅是关于类似新冠、流感等等流行病在人群中的感染研究,按照标准的说法,这是一门研究人群健康状态、疾病分布及其决定因素,并应用研究结果以控制健康问题的学科。因此,它的覆盖面极为广泛,面对的问题也非常复杂和多样。他从广东药学院硕士毕业后,来到职业卫生评价所工作已经接近十年。在这十年当中,他将自己所学的流行病与卫生统计学,完全转为所用。他在平时工作中跟在荆州市一样,总是抢先报名去那些最危险的地方。

80米高的石油化工厂平台,40米深的漆黑的铀矿井,大剂量辐射的核电站维修现场,他都去过。他写了大量的调查情况和方案建议,至今在他的办公桌上还能看到其中的一部分。

2019年的时候他又主动援藏，去后产生了强烈的高原反应，但这也没能让他放弃，他坚持到了最后，将工作做到了最好。因此，只要是他服务过的企业或机构，再遇到问题都会指定找他。他的每一个同事，几乎都会提及他的这种坚韧。他的老领导、职业卫生评价所副所长苏世标说："接到王烁噩耗的电话，我全身发软……对工人安危构成威胁的漏洞往往出现在工作环境中最隐蔽的地方，为了发现这些漏洞，保护工人安全，王烁总是冒着风险进入一般人不敢进的区域，从不打怵。"我又想起了他的善良本性，我觉得他的职业和他的性情在互相塑造。这是最适合他的职业，这个职业可以将他的善良发挥到最大值，而他的善良则能让这个职业充满人性的光泽。

但是，这都不代表他是个严肃的人。一个善良的人，一个坚韧的人，一个好人，在生活中不一定就是严肃的，甚至乏味的。我特别害怕人们的这种刻板印象，这是最大的误解。在生活中，他就像是我们身边的朋友。他的朋友回忆他，他随和，爱笑，在聚会中搞活气氛。有次单位组织合唱活动，约好的钢琴师突然来不了，他便临时客串，大家这才知道他钢琴弹得那么好。他爱阅读，尤喜文史，善于演讲，在演讲比赛中表现出众。他爱运动，网球、篮球、足球，都爱玩。在足球场上，他对自己的定位是"万金油"，哪个位置有需要，他就去补缺，连守门员的位置都上过。他曾把自己的工作比作足球队里的"后腰"，他说："我们在场上踢得越好，大家就越看不到我们，除非有险情发生。真希望永远当一个'隐形人'。"这样的人，是有魅力的。身边有这样的人,是令人愉悦的。他的妻子就是他的同事,试想没有她同为医生的理解、包容和鼓励,他要如何敞开自己去为更多的人投入和付出?出事的前一天晚上,队友们还看到他和家人在视频通话,他们其乐融融,等待着即将到来的团圆。

他让我的脑海里一直回响着里尔克的诗《严重的时刻》:

此刻有谁在世上某处哭,
无缘无故在哭,
在哭我。

此刻有谁在夜间某处笑,
无缘无故在笑,
在笑我。

此刻有谁在世上某处走,
无缘无故在走,
走向我。

此刻有谁在世上某处死,
无缘无故在死,
望着我。

他和我生活在同一座城市,他是我的陌生人。也许我们曾在地铁站里擦肩而过,也许我们曾在电影院里同处一室,但我不知道他的存在。而此刻,他以这样的方式显现,让我如此持久地凝视他,仿佛他并非一个陌生人,而是一个我无比熟悉的挚友。他的生命远未完成,就这样被强行完成了。他的笑,他的善良,他的幸福,他来不及收拾的凌乱桌面,都让人对这样的死亡难以忍受。我们看到他的时刻,也是他在望着我们的时刻,这是一个严重的时刻。他望着我们,我们被迫面对生命的荒诞与无常,也被迫在荒诞与无常的情况下,再次思索生命的价值和意义,并感受周围那些善良的心灵,试着回馈他们。我们看到他在这个世界上如此用力地生活过,我们必须铭记他,铭记这个严重的时刻,直至他成为我们的一部分。

2020 年 4 月 13 日

辑四

那阵来自粤海的风

一

2004年的某一天,我在中山大学康乐园里漫无目的地闲逛。马上就要毕业了,抬头望去,四周熟悉的风景恍然间令人伤感起来。我走进一家名叫"大学书店"的小书店,看看新近出版的杂志,已经成为我潜移默化的习惯。书店当中的桌面上铺排着一大片五颜六色的杂志,我随意翻阅着,忽然,一个素雅大气的封面吸引了我。那是我第一次将《粤海风》杂志捧在手心里。它在封面上明确了自身的定位:文化批评。我所学专业即为文化人类学,遇见这样一本杂志怎么能不心生激动呢?于是站在那里便捧读了起来。

我发现它所倡导的"文化批评"既没有学术文章的艰深晦涩,更没有网络上虚张声势却又浅薄空洞的"酷评""锐评"。它的文字如此清爽,却掩盖不了思想的尖锐,让人心生欢喜。在这里,有大至余英时那样的大家在纵横睥睨,小至初出茅庐的年轻后辈在放胆直言,猛击沉疴。这种宽容的精神、多元的立场,如同一场纸上沙龙,建构并塑造着这个时代的文化精神。因此,我毫不犹豫地买下了这本杂志。谁能想到,这本杂志改变了我日后人生的运行轨迹。

转眼,我真的毕业了,康乐园之外的世界何其庞大与芜杂,简直让一个初出茅庐的年轻人不知所措。一方面要找工作,我面临着现实人生的种种耐心和考量,另一方面,我心中的梦想与激情在继续激荡,总想着做出点什么惊天动地的大事情。在这种复杂心态中,我与中国众多的年轻人一样,经历着寻职、面试、入职、就职、辞职、创业、考研……在种种拼搏与奋斗、挫折与幻灭中,我唯一没有放弃的,便是对于文化与思想的执着,正是那种强大的精神召唤力,让我胸中总忍不住涌动着写作的欲望。

那时候的我正在混沌初开中,并不确定自己将要写下的是小说、散文,还是学术评论,我只是想对这个世界表明我的态度,说出我的看法。那时的我肯定是稚嫩的,但我现在却不敢说那时写下的文章也是稚嫩的。随着岁月的流逝,我们会发现,少年人的锐气是人生中最容易丢弃的部分,可这是人生中多么宝贵的部分!它未必让我们离真理更近,但一定让我们离真理的直觉更近。就是在那时,我写下了一篇文艺学随笔《作为伪问题的"艺术与政治"》,在考虑投往何处时,脑海中首先想到的杂志居然就是《粤海风》,不消说,这是因欣赏所产生的信赖。

文章投过去后,很快就被发表了。这让我欣喜万分,对当时的我来说，不仅仅是一篇文章被认可了，更是一种思想、一种道路、一种精神被认可了。说来好玩，那时我正在和朋友们做流行音乐，我们做的歌刚刚被一家彩铃公司收购。乐观来看，这或许可以被视作一个良好的开端。但我越来越发现自己志不在此。流行歌不但无法穷尽我复杂的思维，而且还会阻塞我内心真实的感触。也许，只有语言与写作，才能让我找到安身立命的位置。

半年后的一天晚上，我躺在床上难以入眠，胡思乱想，忽然再次想起了《粤海风》。这次我把它与我的人生境遇联系在了一起：也许《粤海风》那样的纸上沙龙才是收留我的最好去处？这么一想，我无法再抑制那种冲动，连夜起来，打开电脑，便给《粤海风》的徐南铁主编写了一封信。虽然本质上是一封求职信，但不由地抒写身世感怀，像是对一位信赖与敬仰的长者倾诉。第二天醒来，恍惚中记得昨晚的举动，以为梦境，打开电脑不但看到了自己发出的信，还看到了回信。简直太快了，真的如做梦一般。

徐南铁主编在回信中介绍了一下杂志的运作情况，让我想想对这样一本杂志有什么新的思路，然后约我见面细聊。我至今还记得当时兴奋的心情，那条朝向梦想与精神的道路已经向我招手了。我当即开始上网阅读《粤海风》的电子版，《粤海风》很早就有了自己的网站，非常难能可贵。读的期数越多，我对徐南铁主编便越是好奇。他在每期杂志的卷首都写下了自己对于文化批评的见解、思考与感悟，文章虽然短小,却异常发人深省,我边看边想,这究竟是个什么样的人呢?

互联网时代的好处便是可以立刻满足我这种好奇心。我搜索了徐南铁主编的相关信息,发现他原来是江西省某高校的老师,在九十年代初商海大潮汹涌的时候,他跳上了去海南的火车,想看看那里究竟发生了什么。无意经商的他,在返程路上写出了本次行旅的感受和思考,发在了广州的一家报纸上。广州的这家报社被徐主编的才情所折服,打电话给他说:"你以后别去海南了,来广州吧!"无心插柳柳成荫,命运的机缘让他来到了广州。他在一篇采访中,说起自己这次候鸟般的迁徙,认为文化人便是以文化来肯定自身的迁徙。他的这句话让我醍醐灌顶,心底的困惑全然消失了。徐南铁主编的经历与话语,不但让我肯定了自己的这次"投诚",还让我领悟到了自己人生道路的选择不在别处,而就在文化本身。

徐南铁主编非常忙碌,几周后我们终于见面了。他稳健的气质、亲切的笑容,一下子拉近了我们之间的距离。我说出了自己对杂志的诸多想法。现在想来,对于办刊物,那时的我能有什么真知灼见呢?一个年轻人所能想到的,他肯定早都尝试过了;一个年轻人所想不到的,譬如那些复杂、压力与悲凉的境况,他也早就周转其间,默默品尝,独自咽下。

所幸我们依然聊得很好。青春让我单纯、热情、怀抱梦想,一个成熟的文化人无法拒绝这样的东西,于是他只能热情地伸出双手,欢迎我同行。在他的欢迎之中一定蕴含着超越私人情感的成分,那便是看不见摸不着却又柔韧坚实的文化理想，它团聚了那些愿意用感受、体验以及思辨与这个世界打交道的人。他们一直试图用自己的心灵去软化这个世界冰冷无情的那一面。

我在《粤海风》杂志整整工作了一年。那是难忘的一年。审读稿件，推广杂志，读书、写作，构成了我日常生活的基本形态，我曾梦中想象过的生活方式，就这么平平静静地展开了，宛如一条清澈的溪流。从此，我像徐南铁主编一样，不仅让文化成为自己迁徙的方向，还让文化不断去肯定这种迁徙。假如有人要追问究竟何为"肯定"，我想说，那就是文化的创造。用生命赋予文化体温，用文化提升生命的高度，生命与文化彼此激荡，人类的精神空间一次又一次逼近宇宙的无限宽阔。所谓文化的创造，在我心里就是这个样子的。

二

至今，《粤海风》已经办了100期。当我想起在《粤海风》的那段平静岁月，依然会被自己潜藏的青春梦想所打动，正如我打开最新一期的《粤海风》，依然会被那些犀利的文章所打动一样。屈指算来，我从事文化工作转眼快十年了，对这本杂志的认识，较之当初也有了更深的理解。所以接下来，我要撇开个人情感，专门来谈一谈这本杂志。

根据麦克卢汉的说法，媒体有"冷""热"之分，热媒体是高清晰度的,比如画报类的畅销杂志,一打开就可以浏览,不用劳心费神;而冷媒体则是低清晰度的,需要人动用感官去贴近与填补,正如纳博科夫所说,好的文学不是用眼去阅读的,而是用脊椎骨去震颤的。那么,杂志自然也有"冷"有"热"了,显然,《粤海风》与《读书》《随笔》《书城》等杂志都属于冷杂志。

在这个利益为上的社会,做媒体办报刊几乎没有不怕"冷"的,但是,我们不妨这样来设想:如果突然间没有了上述的那些冷杂志,当今的中国会发生什么样的变化呢?一开始,这可能是无从轻重的事情,我们继续衣食无忧、莺歌燕舞,但五年、十年后呢?五十年、一百年后呢?这绝对会变成一件砥柱动荡、道术断裂的大事,成为一个时代的耻辱与不可谅解的精神罪恶。我想,只有循着这样的历史大视野来评判刊物,才能准确而深刻地认识到一本杂志的分量。

《粤海风》就是这样一本需要被重新审视的杂志,它以独立、率直与犀利的批评话语建构了21世纪初岭南的文化精神。与《读书》杂志身处北京的中心立场不同,《粤海风》杂志确立了自身对于中心的那种补充、反馈乃至尖锐追问的边缘立场。这种"中心—边缘"的内在张力是文化自我更新所必需的动力。所以《粤海风》的重要性不言而喻。我们看重一本杂志,不仅看重它提供的内容本身,更看重它延伸出来的文化价值与精神意义,这种深远的影响力如余音绕梁,绵绵不绝。

正是因为在《粤海风》的工作经历,我非常清楚办杂志的甘苦。在每一本装帧精美的杂志背后,都凝结着编者们的巨大劳动。杂志的具体操作层面，是繁琐而缺少趣味的。因此要让一本杂志拥有自己的呼吸和心跳，必须有人持之以恒地用生命去滋养它。这十七年来，《粤海风》得以在文化界确立起自身独特的品牌，从而拥有了自己的呼吸和心跳，在很大程度上都要归功于徐南铁主编殚精竭虑的坚持。他在以自己的生命滋养着这本杂志。

100期以来，除却那些细碎的办刊杂务，我最为感佩的便是，每期杂志的卷首语都是他亲力亲为的。我对这些卷首语非常着迷，在我看来，它们非常生动地呈现了"文化""时代"这些宏大叙事与"心灵""思想"这些个体生命言说的交织与碰撞，我读到了一个文化人是如何把自己的智慧揉碎了，投入那些政治改革、社会变迁以及生活细节，然后做出新的阐释与剖析。因此，他不再只是主编，他也是文化阵地上的一名战士，与诸多战友一起并肩作战，对抗着那架横在堂吉诃德面前的巨大风车。

当青春的梦想沉淀下来，智慧的萌芽破土而出，我希望今天的自己依然能够和徐南铁主编为首的这些战士们一起站在文化批评的风口浪尖，以独立的生命话语去分析文化思想的历史流变，通过树叶的动作看到风的形状。

那是从粤海深处吹来的一阵劲风，必将涤荡灰霾，拨云见日。

2013年11月

抵达与出发

好多年前,当我还在读大学的时候,心中有种朦朦胧胧想当作家的念头,便经常待在图书馆的阅览室,逐一翻阅全国各地的文学刊物,想着无论在哪本刊物上发表一篇作品,都是天大的喜事。因此便养成了一个习惯,每打开一本杂志,都会首先记下是哪个地方办的,在接下来的阅读当中,便对那个地方有了一种诗意的想象。看得多了才发现,中国大多的文学刊物都是以地方命名的,比如《福建文学》《西藏文学》等,这压根不用记;只有少数刊物有着诗意的名称,如《收获》《十月》等,但单就名字的诗意来说,让我记忆最为深刻的,还是《文学港》。它既是完全实的,又是完全虚的,仿佛在召唤着写作者:在这里休憩下再出发吧!

我手持《文学港》,站在阅览室的书架前,猜了许久,也无法确定这是哪儿的刊物。但我想,它一定是一座海滨城市,有着世界级的大港口,但一定又是低调的,不喜张扬的,内部蓄满了文化的积淀的。这样的城市只能出现在江南。打开目录,果然,是在宁波。当时校园里人人都读余秋雨,我立马想到了那篇名叫《风雨天一阁》的文章,著名的天一阁藏书楼就在宁波,从此我读《文学港》的时候,脑海中总是会浮现出一座模糊的藏书楼形象,那些典雅的汉字勾连起来的句子,像是一条曲折幽暗的回廊,指引着我向那座远处的楼走去,而那座楼却永远退守在目力所及的地平线上,无从抵达。这种感受诱惑着我,就像是古典对现代的诱惑。

终于,我陆陆续续地发表了一些文章,发表本身变得不再神秘,通过发表文章获得的深度交流和各种友情更加激动人心。写作,是孤独的分泌物,这种分泌的气息一旦被拥有特定嗅觉的同类生物发觉,便会引发全身性的震颤,从而分泌出更多的孤独。文学,便是这样一种孤独的事业。在信息时代,写作者们在虚拟空间中更有效地散播着自身的气息,这种气息突破了地理的区隔,建构了一个团聚灵魂的孤独共和国。法国思想家布朗肖曾经论述过的"文学空间",便这样和"信息空间"天衣无缝地融合在了一起,作者竟然和作品同步出现,成为在场的事物。

在这个孤独共和国里,某日,雷默突然出现,欣喜地告诉我:《文学港》有钱了!有好稿子赶紧给他,可以参评年度大奖。我听了也觉得很高兴,主要是替他高兴,因为这位老兄中文学的毒很深,痴迷写小说不说,还决定脱离声色犬马的电视台,跑去《文学港》做编辑。一个写作者在这个港口歇歇脚,可以游向更广阔的大海,而他,无论从象征层面还是从现实层面而言,是要像铁钉入板样地驻扎在这个港口里边的,这岂是件容易的事情。因此,我想,如果《文学港》有钱的话,至少他的收入能得到较好的保障,不至于落差过大。至于这个大奖和我会有什么关系,我是一点儿也没考虑的。他用他的热情一遍遍告诉我,金奖有十万之巨,我听了反而愈发觉得虚无缥缈,就像是梦中的天一阁一般了。

短短几天后,孤独共和国的每个人都知道了这件事,我在许多网络公共空间(比如论坛、QQ 群)都能看到大家在谈论,但大家的语调轻松,和我有着同样的心态。也许,大家早已默认这种大金额的奖金一般只和名人名家有关吧。而名人名家,似乎已经不属于孤独共和国了,他们像希腊诸神一般,住在奥林匹斯山上。当然,那也许更加孤独。

那是 2013 年,在此之前的两年,我发表了较多作品,给人创作量很大的感觉,实际上,这是一种错觉。因为以前发表得不多,便有了很多抽屉作品,待到拨云见日之后,才发现岁月的储存功能是多么强大。我当时在写一个中篇小说,根本无法预期何时能完工,光开头部分就改了几遍,依然不能满意。很久以来,有一个问题一直困惑着我,那就是人的生命内核有没有可能超越界限的问题。如果一个人的生命终点不能成为另一个人的生命起点,那么个体生命的意义究竟能得到怎样的确证?是的,我读过尼采,他试着从人类的总体延续意义上给出确证,但是个体的存在,依然被封闭在死亡的黑屋之内。尼采是诗人,一个诗人怎能忍受这样的封闭?他抱着被鞭打的马哭泣,疯掉了。疯,便是取消了存在的生命,死亡变成了无意义的事件。一个写作的人,必须直视这种哭泣与疯狂。

那段时间,雷默每隔几天都会来关心我的小说写得怎么样了,我这才意识到,他对我的写作是真的存有一种信任。在此之前,我想他肯定给很多人都发了那样的消息,但他仿佛对我抱有格外真诚的期待。在写作上被信任,是最令作者动容的,因此,我郑重地想,这篇小说写好,是要交到他手里去的。退一步讲,即便我仅仅是他欣赏的许多作者中的一个、他的话不止对我一人说过,凭借我对他的强烈信任感,我也应该把稿子给他,因为这预示着他不仅是个好作家,还会是个好编辑。文学的港湾,是非常适合他的。

就这样,我在十月份的时候,才把这篇名为《魂器》的小说交给他。而十一月份,这个大奖就要评定了。我作为一个迟到的交卷者,愈发觉得这个奖和我是没有什么关系的。我仅仅为我完成了它而感到高兴。

几周后的一天,我在广州的一个会议上遇见了《诗刊》社的常务副主编商震老师,他叫住我,说:"你得了《文学港》那个奖。"看着我发愣的样子,他补充道:"我也是评委,刚刚才评出来的,等会他们就通知你了。"他还表扬了几句我的作品,但我觉得那似乎是在说另外一个人。我道谢后,就去忙碌了。我嘴巴紧闭,不敢打电话给任何人分享,因为我还是无法确信。我已经从写作那篇小说的状态中退出来了,一时无法对小说的艺术做出任何评判。他们会把大奖给那样的一篇作品吗?

在迷茫不安的半小时后,雷默打电话来了,告诉我获奖的消息。他比我还兴奋,笑道:"我早预测过你会得吧!"我嘴上没说,心里想:"亲爱的老兄,你倒是比我对我自己还有信心!"因此,我特别认真地对他说了声:"谢谢!"

恍如忘记了前世的记忆,我忽然间发现自己站在天一阁的内部,阴郁的空气中浮着无数细小的雨滴,整个人像棵草一般润泽其中。古典的回廊,嫩绿鹅黄的树丛,生满青苔的古老石雕,汇集成一股江南气韵,让我深感迷醉。但雷默一定是浑然不觉的,他就是这里的一部分,他和作家宗利华站在一座轻巧的亭子边上,吸着烟,烟雾在潮湿中获得了一种特别缓慢和凝聚的质感。我在他的带领下尽情游览了天一阁,说来也奇怪,我心底那个关于天一阁的朦胧形象并没有消失,而是继续存在着,只是细节上更密集,从而更真实了一些,但总体上的朦胧感依然如故。也就是说,它的召唤依旧。

我有些记不得颁奖典礼是在去天一阁之前还是之后,但记得麦家老师友善的笑容,储吉旺先生质朴的赤子之心。在主席台上,他们递给我一张巨大的支票,我仿佛是电视节目里边闯关成功的那种人,或者,更像是一位矗立在火车站出站口前高举名牌的接客员。那么,我要接谁?或者,反着问:谁来接我?我要去向哪里?这些问题令我倍感沉重。

随后的活动很有意义,由《文学港》的诗人主编荣荣老师带队,我们获奖作者和宗仁发、朱燕玲老师等一起前往储吉旺先生的故乡——宁海参观。在这里有必要交代一下,除了主奖之外,还按照小说、散文、诗歌的体裁分类设置了三个提名奖。小说奖由宗利华摘得,散文奖得主是帕蒂古丽,诗歌奖得主是李南。能和他们结识,我感到荣幸和高兴。那几天,我们促膝畅谈,我受益匪浅。尤其是帕蒂古丽,我们的联系一直比较多,因为她是西北人到了江南,而我是西北人到了岭南,所以有相当多的共鸣之处。她的写作热情而又锋利,在身份认同的刀刃上,刺破着语言、民族、性别的各种隔阂,从而更加丰富地理解了自己。她的写作,是能在边界与根本上去拓宽和丰富中国文学的那种写作。

宁海之行特别有意义。我们首先参观了储吉旺先生的公司,其生产的产品居然也是与港口有关的,就是那种前端有着两根长长手臂的叉车,它们负责把港口的产品运上船。这就像是储吉旺先生对文学所做的那样。见过储吉旺先生的人都知道,他的年纪其实不算小了,但他给人一种特别有活力的感觉。他的个子不高,脸上永远笑眯眯的,身着一套蓝色西装,随意斜挎一个小黑包,很难想象他是一个身家过亿的企业家。他对自己的生活如此简朴,却对文学如此慷慨:他一次性拿出五百万元交给荣荣主编,作为这个文学奖活动的启动本金。有了这笔钱,《文学港》才得以从纸上之港变成了全方位的立体之港。

本次活动的压轴之旅是参观宁海的横山岛。去的船上,我们正巧遇见了办完事回岛的方丈。一座建在远离大陆的岛上的庙,一定特别清幽。方丈的黄袈裟和舷窗外的万里碧涛构成了我视野中极具张力的风景。

刚一登岛,一只黑白相间的小花猫前来迎接,它一直跟着我们,直到绕岛一圈后,被一只大狗拦住。小猫哀怨地叫了起来,方丈闻声,适时出现,呵斥了大狗,小花猫才得以继续追随我们。在这一路上,朱燕玲老师被小花猫逗得爱心大起,时不时蹲下来和它亲近一番,它之所以不倦追随,也许正是因为它从一开始就喜欢上了永远童颜的燕玲老师。

岛上竹林密布,风一走过,叶片的婆娑声应和着海浪声,奏出无尽的音乐,让我们都沉醉了。我知道,此时此刻,这里的一切已经成为我个体小世界的一部分,我就像是容器,希图将它们尽可能多地盛入。遗憾的是,美好的事物终究是短暂的,仿佛仅仅在惊鸿一瞥后,我们就得告别了。

返航归来,在海边一家吊脚的渔家餐厅聚餐。到此时,我已经完全领教了荣荣主编的魅力,她的热情、豪爽,以及她那种能将喜悦与忧伤揉为一体的诗人气质,都给我留下了极为绚烂的印象。宗仁发老师言语是不多的,他的身躯那么高大,却偶尔给人一种腼腆的感觉,但他一旦开口,又会准确地击中听者的心窝,让人觉得特别亲近。他说他是不怎么会喝酒的,可大家都以为这只是他这个东北壮汉在谦虚罢了,依然上前敬酒,他便也不再推辞,一饮而尽之后,还带着一脸开心的笑容。现场的气氛达到了炽烈的程度。不知道过了多久,我们突然发现宗仁发老师不见了,个个都吓了一跳。有人说,他应该是上卫生间了,我跑去查看,里边却空无一人。大家开始在餐厅内四处寻找,都没有他的踪影。

"宗老师在这儿!"

荣荣老师在外边喊道,我们听见后赶紧跑出去,这才发现,亲爱的宗老师竟然已经坐在来时的大巴车上了,而且还坐在他的老位子上,真是喜剧的一刻。他看见我们,并不言语,只是憨憨笑着。我们大笑起来,原来他是醉了,或者说,他是在更彻底的酩酊大醉之前,意识到危险的临近,然后便用逃跑的方式把自己保全起来了。他一定是一个心有大善、不愿给人添麻烦的人。

跟着宗老师这个领航人回家吧。正如一开始就心知肚明的:文学的港湾,在昭示着抵达的同时,也昭示着再一次的出发。大家坐好,车开始启动,驶进了黑黝黝的曲折山路,身后的大海已经变成一汪黑色的墨汁。车厢内,没有人说话。明天大家就要告别,蒲公英的儿女们会分散在孤独共和国的各处行省。忧伤的种子在这样的时刻破土而出,然后,便像路边稀稀拉拉的街灯,发出了暗淡依稀的光线,催促心间繁复难言的情愫在沉默中生长壮大起来。我闭上眼睛,脑海中响起了法国作家帕斯卡尔·皮亚的一句话:

"比写作更高的,是沉默。"

2015 年 5 月

加速世界的中华鲟

当个体面对"一代人"这样的大问题之际,注定是惶恐不安的。生命没有获得足够的时间积累,便不会有完善的自我意识,因此,当我们需要思考这个问题的时候,意味着我们已经步入了成熟的人生阶段。但是别急,真正的成熟可不简单——果实会在秋天成熟,而人未必到了秋天就会成熟,延迟上好几个秋天、甚或到枯黄之际还没成熟,都不足为奇。就像在许多人那里,"一代人"是个无所谓的抽象概念。站在虚无的角度,这个概念当然是抽象的、想象的,但是,对人的存在而言,这种抽象和想象是必不可少的,因为它们构建了个体能够自我认知的历史场域。尤其对于一个写作者而言,这是必须要面对的基本前提:一种有效的写作,必须得置身于历史的处境之中,与以往所有的话语构成对话关系,否则,很有可能写下的都是速朽的呓语。

"一代人"的本质内涵,便是一种开放的历史对话关系。

我曾经被《旧约·传道书》中那句简单的话深深震撼:"一代过去,一代又来,大地永远存在。"的确,任何人都不能逃避自己属于某一代人的命运。最让我铭记在心的,是那片永远存在的坚固而又广袤的大地。我不止一次幻想,向远方地平线一直曼延的大地在某一刻突然如海上风帆般竖起,那将是怎样的景象。我觉得,只有以大地为背景,才能衬托出时代的形体。

我闭上眼睛,心中想着大地,恍然间发觉自己正坐在一辆世纪初的火车上,从大西北的褐黄向南中国海的湛蓝驶去,窗外的风景从眼前掠过,那些树木的色彩越来越绿,就像魔法师让我乘坐了童话之车,我从冬天出发,穿越了整个春天,抵达了热情的夏天。

我第一次见识大地的广阔,便是在火车上。因为祖父被打成了右派,从我记事起,家就从陕西关中的祖籍迁到了青海高原的青海湖畔,与游牧的藏人比邻而居。祖父离休后,又回到了气候较为温和的关中故乡,剩下我和父母三人在高原上。于是,每一年的春节,就变成了坐火车的节日。从西宁到西安,900公里的路程,在1990年代,火车得跑上一天一夜。卧铺票是不可能轻易买到的,也是舍不得买的,只要体弱的母亲能睡在卧铺上就足够了。火车上到处都是人,包括厕所,我坐在座位上就像是犯罪——孩子有种天生的道德感。多年后我去读大学,有一次没买到直达票,只得从郑州中转去广州,结果连硬座都没有了,只能在人窝中挤着站了十几个小时,彻底体验了他人的惨痛。

在我中学的时候,父亲因工作被调动到了德令哈市。我后来才知道这座城市因为文学而出名：它出现在诗人海子一首悲伤的诗中，在那首诗中，海子在空空荡荡的戈壁，想念着他的小姐姐。小姐姐的家就在德令哈的某处。但我在德令哈居住的几年里，从来不知道这回事。德令哈在我眼中只是一座干净整洁的西部小城。2000年的时候，我考上了中山大学，而本科生的前两年都要在新建的珠海校区度过。从德令哈到珠海，有3 200多公里，足以从亚洲开到欧洲，你无法想象那意味着一种怎样的漫长。那时火车已经提速，但我还是要在火车上待够三个日夜。空间第一次大到让我害怕。

工作以后，有了点积蓄，便想法子坐飞机回家。几十个小时的长旅被压缩成了几个小时，我时常觉得这是一件非常神奇的事情。父母亲退休后，选择了祖父的方向，向东迁移，回到了西安，这无疑也缩短了我的旅程。向东，向南，是当代中国人的命，我们不知道是被前方所吸引，还是被后方所推动。2014年春节，我选择乘坐新开通不久的高铁回家，八个小时就到了，我发现窗外的景物不是从眼前掠过的，而是被一把无形的刀切割开来迅速向后丢去。整个大地像是一片桑叶，被饥饿的列车快速蚕食着。世界不再是广阔无边的，而是变成了一个个独立却相似的空间，高速的交通工具把他们并置在了一起。

在大地上疾行，是一种置身其中的加速，另一种加速则发生在虚拟世界之中。1997年，我第一次见识了电脑以及被称为"网络"的玩意儿，细细的电话线，一个叫"猫"的方盒子，还有那种仿佛来自外太空的拨号音……为了看一张图片,等七八分钟是常有的情况,简直像守着一台老旧的传真机。三年后,在大学的图书馆里,最热闹的地方就是电脑阅览室,每天都排着无限的长队,还限制使用的时间。上网,那时候叫"冲浪",是一件很酷的事情,每个人都有几个网友,下线后大家意犹未尽,还会写信,贴上邮票寄出去,然后傻傻地等。但是,仅仅一两年后,电脑阅览室就冷寂下来了,因为每个人都买了电脑,在宿舍里就可以没日没夜地玩。没有人再用纸笔写信了,网友也变成了聊天软件里的一个图标,就连说上半句话的兴趣都没有了。

　　在没有电脑的日子里,收到远方来信是非常兴奋的事情,像做贼似的,怀揣一封历经漂泊的信,坐在校园安静的角上,慢慢读。如今,我眼睁睁地看着这么幸福的事情,变成了一种"非物质文化遗产",曾经的幸福变成了幸运。是的,我们应该是最后一代懂得书信的人,以后的人在读十九或二十世纪小说的时候,不会再对主人公写信和等信的微妙心情感同身受了。当然,网络带来不仅是消逝,也有积极的一面。在网络出现以前,西部小城的书店里,没有余华、苏童等作家的作品,莫言的小说也只能在破旧的租书屋里才能看到,他的《丰乳肥臀》被当成色情读物翻得破旧不堪。是有了网络之后,我才读到了北岛、顾城等人的诗,获得了现代文学的启蒙。

　　可以说,速度带来的巨大动能冲破了众多界限,与此对应的是中国飞速融入世界的进程。在我初三的时候香港回归了,高二的时候澳门回归了,大学毕业四年后有朋友去台湾度蜜月了,此后,听到谁在世界上的任何地方休闲度假,我都不会再吃惊。这不,前几天我表姐说表姐夫去南极了。中国人从没有像今天这样深入世界的腹部,但是,另一方面,总体的历史惯性仍是巨大的,那就像是灵敏的触手已经伸出很远,而庞大的躯体仍在迟疑慢行。这两者之间的张力体现在每个青年人的梦想与现实的矛盾中,如果他们脆弱不堪,便会被撕扯得粉碎。

速度的根源是经济,利益的发动机轰响在生活的每个缝隙,人们被无情和残酷地驱使着,同时,人们也开始变得无情和残酷。年轻人在还没有创造出什么财富的情况下,就遭遇了直线上涨的房价,以及消费主义的绑架,大多数人只能为了生存而奔波。当然,你可以说这些巨变是生活于这个历史时段中几代人的共同体验,但对于在成长阶段集中承受了这些变化的一代人,意义肯定是不同的。他们的文化基因在环境的巨变中开始突变,孕育起了新的价值应对方式。眼下,身在此山,我们还无法细究其中的各种变化,但对于历史和未来而言,这已经成为至关重要的节点。人类学家玛格丽特·米德早就提出,科技知识更替得越来越快,人类已经步入了"后喻文化"的时代,也就是由晚辈来主导文化传递的方式,这与前现代由长辈主导文化传递的方式有了本质的不同。所以,年轻一代的可怕之处就在于,他们在尚未得到前辈的真正理解之际,就已经启动了新的未来模式。

忽然想到,对出生于1956年的诗人顾城来说,他那一代人的核心意象无疑是眼睛:"黑夜给了我黑色的眼睛,我却用它寻找光明。"这首直接被命名为《一代人》的诗,打动了无数人的内心,包括没有经历那个年代的我。那就像是一把钥匙,迅速让我进入那代人的精神核心,触摸到了他们的体温。正因为如此,我想我们这代人也必须找到自己的意象。尽管,时代在离心力的作用下飞速变化,并不断扩散、变形,不可能再有三十年前那么整齐而统一的集体感受,但是我们可以从自身的经验出发,找到一个哪怕仅被自己理解的意象,也是非常欣慰的事情。这就像是一只萤火虫在暗黑中发出了自己的小小幽光,等待着另一点幽光的呼应。

那么,我想说,其实当我们善于回忆的时候,就已是我们置身于未来的时刻。时代,在回忆的望远镜中,显示了它的细节。回忆是有生命的,就像中华鲟逆着长江洄游而上,找寻着自己与同行者曾经的隐约足迹。

加速世界中的中华鲟,就是我心目中这代人的意象。两亿多年前出现在地球上的中华鲟,只有韧性十足的脊索,但人类坚硬而灵敏的脊椎骨就是由那样的脊索进化而来的。我从属的这代人,在他们身上应对历史加速变迁的器官,也许只能是这样简单的脊索,但毫无疑问,未来那难以臧否的"新物种"在他们身上已经有了依稀的淡影。

2015年3月17日

想念大山野地的那一束花

我还在读大学的时候,很多著名作家的文章中,都提到过一本刊物,名叫《山花》。他们谈及自己的文章又发表在了《山花》上边,有一种不言而喻的喜悦。我想,看来若是要当作家,就必须在《山花》上发表文章了。我在图书馆里找到了《山花》杂志,原来是在贵州的贵阳,盛产美酒的地方。杂志的封三,还的确出现了茅台酒,其作为资助方应该对杂志的出版帮助很大,而且在页面的醒目地带宣告:会将杂志寄往一百家全球最好的图书馆。论企业做的文化慈善,这是我见过最实在的。

能让茅台如此甘心付出,《山花》必须得有过硬的品质。没有哪个中国人不知道茅台是中国的好酒,但是知道《山花》是中国最好的文学期刊之一的人,并不能算多。因此,这其中的辩证关系,并不是庸俗的广告学,而是经济活动与文学精神之间的深层关系。换句话说,这说明了人的存在终究不能停止在经济活动的层面,而必须向以文学为代表的精神世界进行超越。没有这种超越的经济活动,人类看上去将和丛林当中匆匆忙忙的蚂蚁没有什么区别。

我阅读了《山花》杂志,也阅读了很多其他的文学杂志,这样一来,《山花》在我心目中的形象就愈加分明了。最让我倾心的其实是它散发出来的一种活跃性,这种活跃性是有些抽象的,但是又具体为杂志中的文章气息,那些文章和作品似乎总是在表达或呈现一种跟时代紧密胶着的东西。再加上页眉和插页中的当代前卫艺术作品展示,让文学得以跟一个更大的艺术语境进行碰撞。

大学毕业后,我在社会上跌跌撞撞,在单位里也感到了那种无可名状的束缚。尤其是在遭遇单位的打卡要求之后,那种感受达到了极致,也让我产生了写一篇小说的灵感。如果一个人没有指纹,该怎么办?按照这个构想,我写出了一个中篇小说。我自己很喜欢这篇小说,不在于这是一篇完美的小说,而是因为它寄寓了我的心情与思考。

在这里,我不妨简述一下这篇小说:"我"因为天生没有指纹,在指纹识别逐渐成为一种现代社会管理个人的精密技术的今天,遇到了单位用指纹识别考勤、买房按手印、买车装指纹锁等各种麻烦。指纹识别仪越来越先进,越来越普及,而"我"的自由却越来越少。"我"不但不能开车,而且也回不了装上了指纹锁的家乡,原本,"我"靠盗取朋友的指纹秘密生活着,但是由于朋友犯的罪,"我"也面临着牢狱之灾。"我"迈上了逃亡的道路,并且不乏暴力地设想:砍掉自己的手指得了。

这篇名为《没有指纹的人》的小说,发表在了《山花》杂志

2011年第11期的头题。从那以后,我正式成为《山花》的作者。当时,负责这篇稿子的是冉正万老师,他也是很优秀的小说家,他对我大加鼓励,并让我以后把好稿子都给《山花》,他说的一句话我至今还印象深刻:"多在《山花》发表好作品,足以让一个青年作家成为全国名家。"这是一个编辑对于自己投注心血的刊物的巨大信念。他这样说的时候,也在暗示《山花》对于文学的评判尺度,跟《人民文学》《十月》《收获》等名刊是一样严苛的。

一本在贵阳的刊物,便是带着这样的雄心壮志在做文学事业。行内的人都知道,要比那些得天独厚的历史名刊付出百倍的努力,才能获得差不多的影响力。《山花》在坚持。他们也想对自己的作者更好一些。那几年,国内其他刊物的稿费还没涨起来,《山花》便开始想办法,找企业赞助。在杂志的稿费之外,还能得到一家公司的额外奖励稿费。一次,冉正万老师跟我说,能不能帮个忙,代表《山花》的作者给那家公司写封感谢信。确实,那家公司的赞助完全是出自文学的公益,在杂志上连宣传版面也没有。我便写了一封感谢信,表达了对他们的敬意。不知道我的信是否慰藉过他们对于文学的爱护之心?可惜的是,后来那家公司效益不好,也就顾不上文学了。时过境迁,我连那家公司的全称都记不清了,只记得其中有"城乡"二字,带给人一种很朴实的善意。

《山花》的老主编何锐是个文学界都知道的传奇人物,他的执拗和倔强让《山花》在早期发展阶段克服了种种困境,每次听朋友说起何锐老先生的故事,都有种笑中含泪的感受。在我开始在《山花》发表作品之际,他老人家已经退休了。但是,他没有从文学的事业中退休。他开始编书,我的作品有幸被他收入几次,文选的先锋与新锐一直秉持着《山花》的风格。跟传说中一样,他的贵阳口音让人不能完全听懂,但大意都是明白的,都是跟文学、跟作品有关的,还会嘱咐你写相应的文论。

那一年,我参加《十月》的活动,去贵州的一个地方,来回都会经过贵阳。何锐老师得知这个事情,便和编辑部同仁一起设宴招待我们这些当时还很年轻的作家。我也是有幸见到了传说中的何锐老先生。他是个朴实、可爱、幽默的老头儿。在宴席上,他的话倒是不多,但能感受他的心情是踏实的,因而我们的心情也是踏实的。有他这样的老先生在,我们知道文学的标准和尺度在那里,心底是一点儿也不敢懈怠。在返回广州的宴席上,我们被反复挽留,持续享用美酒,然后,我们以疯狂的速度赶往机场。印象中批评家、作家李云雷兄飞往北京的飞机就比我就晚五分钟,可机场工作人员让他顺利进去了,只把我拦住了,说飞往广州的航班已经停止检票了。短短五分钟,有时候便是这样天差地别的待遇。我居然误机了,人生中第一次。但我一点也不后悔,因为,那是我第一次也是最后一次见何锐老先生。2019 年 3 月,老先生离开了这个世界。

《山花》现在的主编李寂荡先生是位诗人,我感觉他身上有种将诗与生活统摄在一起的气质,仿佛随身携带着诗歌的传统。有一年,广东作协请他来给青年作家上课,他来了,话也不多,蓄着恰到好处的胡子。他走在广东的空间里,但他依然携带着那个秘密的诗歌空间,那仿佛是一个在夜晚围着火炉谈论生命的空间。我读过他写的拥有那种诗意的诗行。我想,这也是《山花》这本杂志的重要密码之一,那就是诗意。《山花》的先锋精神从来都没有远离诗意的发现,这才让文学的探索永远都是在美学的观照之中,而不会走上别的不属于文学的道路。

借助《山花》,我还结识了很多的年轻同行。比如李晃,每次活动遇见了,都感到很亲切,仿佛是经历了许多共同岁月的老朋友。随着时间的流逝,也确实成了这样的老朋友。他作为湖南人,完全就是被《山花》的那种纯粹的文学精神所"俘虏",没错,是"俘虏",而不是"吸引",从而在一个原本对他来说极为陌生的地方扎下根来,并开花结果。《山花》的精神不仅会渗透进他的写作,也一定会渗透进他的内在生命。他对于写作和文学变得越来越郑重。我看他在访谈中提到,要摆脱少年气,要有"一刀见血"的力度。这都是一个作家走向丰盈的标志。还有郑瞳兄,曾经来江门和广东的作家参加活动,我们谈论文学与世界,嬉笑怒骂,大家相处得十分融洽和愉悦,他身上的幽默与温雅至今仍在广东文坛传颂。

有时看着书架上的《山花》样刊,我会生出一种奇怪的感觉来:随着时间的流逝,我似乎已经比它年长了。这样的感觉尽管只出现在莫名的一瞬，然后就消失于漫漫长夜，但已经够让我惊恐的了。凝视着《山花》，写下这些文字，是因为《山花》在今年七十周岁了。孔子说，七十岁的样子就是随心所欲不逾矩。这似乎正是对《山花》的一种评价，尤其是"随心所欲"四个字，其中的"心"让我回到二十年前自己的心间。《山花》在我的心中依然是那么年轻，它的七十年是毫无暮气的七十年，而我作为它的作者，最为警惕的也许就是人身上随着尘埃郁积而产生的暮气。也就是说，成为它的作者不是一种完成时态，而是一种进行时态。甚至说，在它未必能接受你的文章的时候，你就属于它的理想作者了。当我们总是提理想读者之际，我们是否放松了对理想作者的那种希冀？如果没有了理想作者，那么编辑该如何面对那些理想读者呢？

《山花》，最质朴的命名，说实话，不能令人瞩目。而如今在城市中，那些自然生长的花朵何处去寻？那些与人类的塑造无关的，自由开灭的花朵。我们只能走向连绵广袤的大山野地，去找到一束让自己惊艳的花朵。那山花与你原本毫无关系，但当你看见它，并被它那灿烂的颜色照亮瞳孔的时候，你才知道，你和它的关系甚过你想攫取的那一切。

2020 年 7 月 11 日

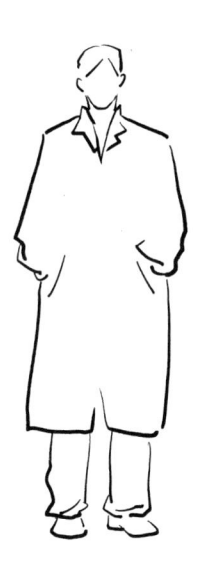

辑五

奶奶的一生

奶奶是我的亲人中最先离去的,她在另一个世界里已经居住了快十年了。那时我还是一名在校大学生,对自己的人生充满了各种各样的猜测与憧憬,我的目光是朝向未来的,而奶奶的过世则是一个生命的终结,她强制我从死亡的方向回头看。不过这时,我才发现关于奶奶我所知道的简直少得可怜,我的回忆只是被一个行动极不灵活的苍老形象所笼罩与攥紧。自我记忆较为明晰的时候起,奶奶就是一个患过半身不遂症的偏瘫老人,走起路来极为小心翼翼,仿佛周围布满了未知的陷阱。半身不遂带给我的恐惧感也持续到了今天。

1921年的深秋,奶奶出生在陕西户县的一个村庄里,在长成为亭亭玉立的少女后和爷爷结婚,养育了三个女儿和一个儿子。那个儿子自然就是我的父亲。有了我的父亲才可能有我,从中我看到了生命的传递和延续。这个过程现在说起来显得很轻松,对于奶奶来说却是无比艰辛的。我的爷爷曾被国民党抓去当壮丁,上前线和日本人开战,后来又进入延安大学学习,参加了革命,远赴青海省参加土地改革和剿匪战斗。

他无数次和子弹擦肩而过,无数次目睹战友的倒下。这些小说似的传奇经历都是九死一生的可怕梦魇,是渺小的个人被庞大的历史进程席卷而入的无常命运。这些经历留给奶奶的是无数个夜晚的孤枕难眠和惶恐不安。爷爷是我少年时代的英雄,那些战斗与磨难的经历如同动作电影般吸引着我,直到今天我才发现,我从未站在奶奶的角度去看待过历史!现在,我只是这么简单一想,已经暗自惊心!一个在乱世中柔弱无靠的女人,要忍受多少惊恐难眠的深夜?要经历多少生离死别的伤痛?我似乎看到年轻的奶奶在农田干活的间隙抬头望天,天空是一片灰蒙蒙的虚无,就像是她的命运。

解放后,奶奶应该有过一段比较快乐的时光。在奶奶过八十大寿的时候,我们让奶奶表演个节目,奶奶像个孩子深陷在椅子里,开始唱一些老歌。奶奶的方言口音比较重,那些歌词我听得不是很真切,但我听出来那是五十年代的革命歌曲,歌颂开天辟地的新时代。那时,百废待举,百业待兴,乐观主义的精神在整个华夏大地上表现出一种激昂的旋律,我相信那种激昂是真诚的,没有后来者回望时沾染的历史怀疑主义情绪。那时,奶奶的一生也迎来了最为灿烂的开花年代。她当上了乡里的妇联主任,开始参与各种组织活动,为妇女的社会地位和日常生活奔走着。但是,好景不长,奶奶的身体不好,一个人带大四个儿女的确太难了,身体早已经被掏空,她只能辞职不干了,重新成了一名普通的农民。

当时奶奶也没这件事放在心上,但是突然间政治风云密布,爷爷参加过国民党的事情成为历史罪证,爷爷被打成了右派,被发配到青海高原一个名叫唐渠的地方,据说那是唐代征西时留下的遗址。"西出阳关无故人",那里是比阳关还要遥远的吐谷浑。这个家再次陷入了绝境。可靠的经济来源没有了,奶奶只能死命干活,每天去挣那几个微薄的工分,她的儿女们也过早地担当起了家庭的责任。当时,女人和未成年人的工分普遍给得较低,他们只能通过干更多的农活来得到和别人一样多的收入。

爷爷在农场一关就是近十年的时间,由于条件过于艰苦,很多同去的人都永远留在了那个唐代的遗址,成了新的遗址。奶奶的内心曾在怎样的挣扎中度过?除了不断地写信、寄各种生活用品还有什么办法?中国的历史上歌颂过很多伟大的女性,歌颂她们是如何的坚韧,可奶奶作为一个无比平凡的女人也就这样熬过来了,她从不渴望被歌颂,她渴望的只是等待的时间不要那么漫长,相聚的岁月不要那么快地飞逝。可她渴望的东西从未理会过她,依然钝刀割肉似的,让她在漫长的守候中一点一点变成了白发苍苍的老人。

我想奶奶和爷爷的再度重逢就是这样的场面吧:离别时的中年人此时已经两鬓斑白,步履开始蹒跚,相顾无言唯有泪。他们内心的百感交集是我们永远也理解不了、抵达不到的。他们的苦难就是历史的苦难,他们的命运就是时代的命运。在做完历史的囚徒之后,爷爷开始平反和复职。爷爷最终还是把根扎在了青海高原上,这片给他苦难的地方却成了他最眷恋的地方。他把奶奶接了过来,奶奶安详的晚年生活就这样开始了,她在门前的院子里开垦菜地,种植了各种蔬菜;她养鸡,每天都有新鲜的鸡蛋吃。

历史进入了平缓期,个人的生活慢慢从各种运动中独立出来。树欲静而风不止,现在风平浪静了,树却已经进入了深秋。先是爷爷得了大肠瘤,幸亏是良性的,凭着爷爷坚韧的意志,病情居然好转了,现在爷爷已经九十岁高龄,身体依然健康。可是奶奶就没那么幸运了,她患上了半身不遂,整个人几乎无法动弹,经过漫长的治疗、艰苦的锻炼,数年后,她终于可以颤颤巍巍地行动了。都说叶落要归根,他们思来想去,还是决定回到关中平原上的故乡安度晚年,从此我和她一年只有春节的时候才能见上一次。每次我去探望她,都觉得她是一个小心翼翼的老人,在极小的范围内干这干那,不肯闲着,我喜欢把她瘦小的身躯抱起来,她总是又怕又快乐。她看到我上了大学,还去北大参加比赛时,她对我父亲说:你娃成精了!

在得知奶奶去世的那一瞬间,我感到自己心中有一块地方塌陷了。这是我第一次深刻地感受到英国诗人约翰·堂恩的那句广为流传的诗(第二次强烈感受是2008年的"5·12汶川大地震"):"每个人像一座孤岛,在大海里独踞,每个人都像一块小小的泥土,连接成整个陆地……无论谁死了,都是自己的一部分在死去,因为我包含在人类的整体里,因此我从不问丧钟为谁而鸣,它为我,也为你。"那时我上大学二年级,是所谓的"校园诗人",正在为这样的诗句而激动,从没想到残酷的现实会这么突然鲁莽地驾到,把生存的真相一下子展示在词句之外,对我的打击可想而知。随着时光飞逝,今天我依然为了文学而生活,我越来越觉得如果剥除文学的审美,这个世界有太多的事情是我们无法直面的,就像我无法直面奶奶的一生,我只能像蚕一样,把那些悲剧用文字的丝线缠绕起来,最终或许会得到一枚美丽的蚕茧,在岁月的风尘中坚守着破茧成蝶的梦想。

谨以此文献给奶奶的在天之灵。

2010 年 12 月 9 日

沉　溺

文学如同无休止的纵欲，令人沉溺。

——居斯塔夫·福楼拜

一、从命名开始

小说家为自己画像应该是一件比较容易的事情，因为在长期的写作中，他一直为想象中的自己和他人画像。当然，他描摹的并不是外在的形象，而是尽可能去逼近人物的内心与灵魂。一个越优秀的小说家越懂得虚构的力量，虚构并不是谎言，虚构是条件的设定、睿智的发现，虚构是经由想象力对世界的重构：一些原本隐匿在角落的事物走向了前台，并且颠覆了我们以往对世界的认识。

但是，要真能做到这样并不容易，写作经年，我感到最大的困境依然来自虚构的难度。如果为了保护自己的隐私，想避开个人生活的直接经验，那种无所凭依的苦恼是一个有抱负的小说家都能体会到的。我们会把自己变形,甚至可以变成一只不会说话的甲虫,但无论如何变化,我们所要做的其实不是要让笔下的人物远离我们,而是想以另外一种方式、另外一条道路,让我们的人物更加切近我们的内心与存在。只有那样,我们的写作才会缓解孤独,得到滋润和慰藉,如同缪斯女神的奖赏。

当小说家正视自己,决定从自己的体内抽身而出,调转脑袋准备好好描摹下这个人的时候,他一定会在刚开始的瞬间变得愣怔与失语。他曾经把这个人的痛苦与快乐赋予笔下的人物,可现在,他却要把那些痛苦与快乐回归原位,让这个人从黑暗的幕后走向前台。他一定是非常不甘心的,这就像是一个魔术师永远也不想泄露自己的技法。他不大明白那种剖析自我的散文是从哪儿得到的勇气,但他突然意识到,小说也许是比散文更加真诚的文体。只是这种真诚,似乎不大容易理解和体会。他珍视这种真诚,并且总想着能够一以贯之,体现在自己所有作品的字里行间。

现在让我们给他勇气,对他说:你是真诚的,因此你应该放开胆子,试着重新叙述你个人的直接经验。不要害怕流动的记忆会被词汇、句子和语法定型和固化,只要你还拥有想象力,就可以重新开始,从任何一条路径抵达生命核心的广场。

好吧,他轻声说道。他决定试着在文字中描摹自己,在记忆够不到的地方,他允许自己用想象的翅膀飞起来。他打算从自己的名字开始,因为名字是人被社会接纳的第一步,同时也是人开始虚构自己的第一步。人本是一个无名的存在,这个元初的存在是晦暗的、无边的,当人被命名之后,就变成了一个清晰的、有限的存在,这个后者既被社会虚构,也被自己虚构,只不过,这种虚构极其隐蔽,并且充满了诱惑,让人心甘情愿。他自然也无法摆脱这种被虚构的命运,因此他试图想象自己出生时被命名的场景。为了证明自己的真诚,他决定继续以第一人称来叙述。他回到了自己的体内,成为我。

我就是那个叫王威廉的中国人,地地道道的中国人,一个迄今为止还没有过什么海外经验的土著。英语学得也很一般,当年为了毕业,才勉强通过了大学的英语四级考试。也就是说,我的名字毫无玄机,它既不哗众取宠,更不崇洋媚外,纯粹是我祖父那颗花白的脑袋里残存的儒家思想作祟的结果。

我降生的那天,正是夏天最丰满的时候,午后的医院走廊上竟然空无一人,直到我祖父拄着拐杖走了进来,他的影子被室外的阳光投射到另一侧的墙壁上。那墙壁有着那个年代典型的模样,在一米二的高度以下全部用墨绿色的油漆覆盖着,白与绿的分界线就这么将世界一分为二,包括我祖父的身影,包括我刚刚来到的病房及其黄色的木门。直到很多年后,我才想到,也许并不存在那么一道分界线,那仅仅是白色与绿色的相遇,只不过这种相遇被驯服成了单调而已。

我祖父站在医院走廊的某扇窗前,向外望去,他看到整座小城都匍匐在他的脚下。这座小城一定把人的肉身看得至高无上,因为医院不仅建在小城的最中央,而且还有着无可比拟的高度与装饰，仿佛整座小城的存在都是为了这么一座救死扶伤的医院。最奇妙的是，妇产科居然被设置在大楼的顶层，不知道是为了让世界崇拜生命，还是为了让生命俯视世界。我祖父显然选择了后者，俯视的感觉更能诱惑他，因为他非常喜欢高高在上的感觉。要知道，为了给自己的孙子起个好名字，他已经好几天吃不香睡不着了，现在他俯视着小城的众生，感觉很好，突然心中一动，想到《官箴》里的一句话：

"吏不畏吾严而畏吾廉，民不服吾能而服吾公；公则民不敢慢，廉则吏不敢欺。公生明，廉生威。"

在中国最受尊敬的不就是这样的人么，威风八面却还能廉洁奉公，或说廉洁奉公了才更能威风八面，反正不管怎么说威风总是必须的，就和我祖父此时俯视小城的感觉是一样的。我祖父很喜欢对别人说一句很威风的话："要不是我们的建设，这里现在还是一片戈壁荒滩呢。"他说的都对，他有理由骄傲，他是在县委某个科室的科长位置上退下来的，那个位置影响了这座小城的诞生与成形。

"就叫廉威吧，嗯，不大顺口，还是叫威廉吧。"我祖父跟自己说道。

我的名字就这么定了，或许可以说，是他以一种君临天下的高傲姿态决定了这个名字，不过这种高傲姿态却成了我羞于启齿的秘密，我从来没有对任何人说出过。

对我命名过程的叙述可以到此为止了。尽管这段叙述充满了小说的特色，但我可以保证，我名字的来历大致如此。

别人对我的名字充满了好奇，每一次结识新朋友，我都不得不去解释，在那样的时刻，我总会显得很笨拙，整个人涨红了脸，憋出祖父引述古语的最后六个字："公生明，廉生威。"顺口溜般的，心里充满了尴尬、羞涩与无奈。感谢小说，小说是耐心和好玩的，它丰富了这个简单的事件，并在其中注入了许多信息，我甚至感到了那其中隐藏着的调侃、反讽与黑色幽默，正是这些复杂多元的情感因素构成了张力，让我在面对自己的过去之时，有了一种难以言喻的亲切。现在和过去之间的紧张与对立，藉由语言的重建弥合了。我的生命有了一种纵深的透视感。我不免想到，用语言的想象力加工自己的记忆与经验，便是虚构的源头之一，在最终呈现出来的作品形态中，那比实际事件多出来的部分就是作家的文化面具。作家是戴着文化面具的说书人，却因为面具的存在超越了说书人。面具，就是意义，就是另外一种更抽象的命名，尽管它带来了边界，却呵护了我们存在于世的焦虑与痛苦。

二、背景很重要

我一直认为，文学和文学之外的事情关系更密切。文学史很难启发你的写作，活着本身却可以。从这点来说，文学和生命一样，都是向世界和时间全面敞开的。我们的生命向世界敞开得越多，我们才能在返回文学的时候，在语言的旷野上挖掘得越深。因此,我想说说自己的生命是如何向世界敞开的,还想说说那些失败的梦想是如何滋润了一个不辨方向的年轻人。

现在想来,也许我过去都在为成为一个作家做准备。但是,在我童年的时候,我旺盛的求知欲让我立志成为一名发现世界本质的科学家。汽车为什么会跑,飞机为什么会飞,宇宙卫星为什么不掉下来,这些事情长久占据着我的大脑。我央求父亲给我买了一大套的《十万个为什么》,似懂非懂地看了起来。这套书除了解答我对许多现象的困惑之外,还让我突然意识到,这个世界上五彩缤纷的一切都是表面的,在它们的背后有着各种各样的规律,看不见摸不着,却决定着万事万物的形态与动向。我还来不及惊讶这种神秘的原因,就已经被这种神秘本身给俘获了。

小学四年级上自然课的时候,我总是成绩最好的那个,因为课本已经被我看了两遍。家里边摆满了齿轮、电动机、电线、改锥、螺丝等零件和工具,当课本里的小实验被我做完之后,我每天最大的乐趣就是用那堆零件做一些自己也无法理解的实验。零件都是从我心爱的玩具内部得来的,因此我的玩具都是短命鬼。我像屠夫一样对待它们,将它们开膛破肚,直至它们变成一堆残骸。这让我的父母大为光火,他们在很长的一段时间内拒绝给我买玩具。我不屈不挠,开始像猎人那样四下寻觅,拆个手电、插座什么的,最过分的一次是我把公共走廊里的声控灯开关给拆下来带回家了,当父亲追问我的时候，我镇定地表示自己毫不知情。但最终还是被发现了，我不但被恶狠狠地训斥了一番，还免不了一顿皮肉之苦。我感到愤怒，愤怒的结果不是就此金盆洗手，而是寻求发泄。我把火柴头上的红磷刮下来，放在一个墨水瓶里，用泥土塞紧，然后放在一截点燃的蜡烛上边烧烤，巨大的爆炸震碎了我们家后屋的两扇窗户。

假如我今天依然探索在科学的道路上，假如我有了惊天动地的发明、发现，那么这些往事就可以成为闪闪发光的珍珠。可对今天的我来说，这就只能是一些羞于启齿的笑谈。童年的梦想就像是那个声控开关的内部一般，布满了肉眼看不清的电路，你不知道该如何启动它。有些人会选择放弃，有些人会继续坚持，直到电路短路为止。

我是第二种人。我对自然世界的探究几乎占据了大学以前的学生生涯。继自然课之后，我的物理成绩一直是班上最好的，后来化学学得也不错。高一的时候，我聚集了一帮朋友，成立了"爱因斯坦学社"，周末凑在一起聊些高深莫测的科学问题，黑洞、引力场、相对论、量子论等名词像路标一样指引着我们的未来。爱因斯坦一直是我最崇敬的伟人，他的画像被我挂在自己小床上方的墙壁上，他那奔放不羁的白发和吐着舌头的鬼脸陪我度过了苦乐参半的高中生活。即使仅从文学方面的影响而言，至今我依然认为他悼念居里夫人的文章是不折不扣的经典。他对人类道德缺陷的洞察堪与他对宇宙法则的思考相媲美。在他身上，科学与艺术是如此完美地结合在了一起,以至于让我认为这是一种只要经过努力就可以达到的高度。后来我才意识到,这便是文艺复兴时期的"完人"理想,人在面对世界的时候带着彻底的诗性,没有观念的拘束和学科的藩篱,放任自己的思想驰骋在天地间,人的可能性得以最大程度地敞开。但是,年少轻狂的我没有意识到:那样的时代已经一去不返,我也不是旷世天才,这样的梦想必然会遭遇挫折。

这个挫折到来得很快。我如愿以偿地考进中山大学物理学系理论物理学专业后,只高兴了一个暑假的好时光,就被迎面而来的高等数学打翻在地。我打开课本,望着那些字母比数字多几倍的公式,第一次感到了理解的障碍。当然,周围的许多同学和我有着同样的感受,但他们比我认真和勤奋,很多人很快钻研了进去,并且直到现在依然置身在那些符号中思考着宇宙。我没能像他们那样再一次执着下去,我的文学气质占据了上风,我开始认真面对自我,反思自己。我觉得自己的思维模式是偏向于形象化的,我必须在脑中清晰地呈现出事物的面貌才能更好地去理解和把握。这不是说我不够理性,而是说即使是我在面对理性与抽象之际,脑中也得有一根纤细的管道通向现实世界,哪怕只是一个小点,只要它能够真实可触就行。这就和小说的虚构一样,要借助于现实的支点才能抵达一个想象中的世界。在我看来,高等数学已经成为空对空的事物,我就算勉强进入了,也不会前行太远,干脆把自己的文学气质变成文学专业吧。

我想到了转系，如果能去中文系天天写作，应该是一件很美妙的事情。为了证明自己的写作能力，我专门参加了一个全国性的征文比赛，结果很不错，我得了个大奖。我以为凭借着这个应该能够顺利转系，没想到的是，在具体实践的时候，中文系的领导没有理会我这个理科生的文学素养，他考虑的是另外一个我事先根本没想过的问题：物理系的就业率要高于中文系，他们不愿意我为将来找不到工作而发愁。对大一的我来说，所谓找工作还是遥不可及的事情，我为其中蕴含的某种歧视感到愤怒，从此断绝了转到中文系的念头。

何去何从？只能寻找另外一处容身之所。就在这时，我喜欢上了人类学方面的书籍，深觉人类学对社会与文化的探究方式暗合我物理学出身的思维方式。人类学大师马林诺夫斯基不就是学物理学出身的吗？我拿定了主意，诚恳地给时任中山大学人类学系主任的周大鸣教授写了封信，表达了我想转系过去就读的愿望。周教授很快给我来电了，表示欢迎。我大喜过望，终于在大学二年级的时候转去人类学系就读，逃离了高等数学的苦海，跨上了人文研究的大陆。

我对人类学了解越多，就越是庆幸自己的这次选择。人类学在国内的普及度还远远不够，比起传统的文史哲来，简直像一门新学科。但实际上，它渊源有自，博大精深，是一门介于社会科学与人文学科之间的学问，既要用客观理性分析大千世界，又要用细腻感性体察人性百态，正对我的胃口。有一度我差点就决定以后做个人类学家了，但身上无法摆脱的文学气质终究还是让我继续沉溺在写作中。

作家对人生、人性的结论基本上靠直觉与顿悟就可以做出,但是,人类学的结论要经过专门的田野调查才能得出。严格的社会科学训练,不但很好地校正了我直觉的方向,而且给我的写作带来了极大的教益。在这里可以说两点:首先,人类学的人类文化整体观给了我开阔的大视野。没有什么比故步自封更能毁灭一个作家。其次,人类学研究他者的文化,是为了观照与反思自身的文化,这与文学一样,文学是在微观上用他者的生命经验来充实自己的生命经验,试图在存在论的层面上将个体与人类统一起来。所以说,无论文学还是人类学,都源于人类对自身存在深入理解的欲望。

时光荏苒,我大学毕业了。我没有急着找工作,而是过了段自由散漫的率性日子。我在中山大学校内租了间房,然后白天去图书馆看看书,晚上沿着林荫小道散散步。时空仿佛静止了,我可以抛却物质属性,完全成为精神性的存在。大学时,一位师兄问我:"读书期间有什么目标?"我答曰:"建立一个完善的精神格局。"我的漂泊生活,仿佛正在实践这句豪情万丈的戏言。虽然我能感到自己的思想与精神世界的确在日益丰盈起来,但是,同这句话一样,这样的生活太过飘忽和虚妄了,我必须找到一个出口,将自身的能量倾泻而出,否则只是水中月、镜中花罢了。我积攒着这股能量,终于,它推动了我,我像其他人一样,做回了一只蚂蚁,钻进了社会的巢穴中。在社会的闯荡与磨砺中,我更加明白了尊严、勇气和爱的重要,这使得我越来越沉溺在文学的梦想当中了。这个梦想,就在我写作的此时此刻,依然如同微光一般照耀着我。

三、沉溺之途

现在,让我们来聊聊文学和写作吧。

刚才我谈论的所谓"背景"其实是梦想及其动力,而梦想正是文学最重要的特质。"作家都是做白日梦的人。"想想弗洛伊德的这句话吧!当然,我一向认为老弗是个特别偏激的家伙,我愿意这么来说:"一个梦想特别多、特别旺盛的人天然地就带着文学的气质。"这样就不难理解为什么我那热爱科学的童年时代也是文学化的。基于这一点,我想说,我不是主动选择从事写作的,而是相当被动的。我对整个世界都怀抱着梦想,而实现这些梦想最快捷的方式就是通过文字去抵达。文字的小船带着我漂向深不可测的海洋深处。也许,没有了这艘小船,我会惊恐不安、彻夜难眠。但是,一个生活文学化的人,要领悟到这艘小船的存在并不容易,领悟到这艘小船带来的危险就更加不容易了。因为生活变得文学化,并不代表你具备了写作的才华与能力,文学化往往还会削弱你的创造力。我知道有许多人卡在了尴尬的位置上,终身不得逃脱。我在杂志社上班时就经常遇到这样的人,他们几乎不具备在世俗社会生活的能力,却把全部的精力都投身在文学创作中。

他们会拿着厚厚的稿子一遍遍来找你,让你发表他"史诗般的作品"。当你指出他的弊病时,他会火冒三丈,当你指出他不适合做这个行当时,他会摔门而去,再不登门。我惧怕那样的命运。假如那样,我宁愿做个小职员,把自己的梦想全都磨损掉。

关于写作本身的影响,也许还得从家庭谈起。我的父亲并不是一个地道的文学爱好者,但他喜欢写文章,写经济学方面的论文或是一些通讯报道,每天还有写日记的好习惯,他希望把这个好习惯当成传家宝送给我。我很小的时候,刚刚识字,跟随他做过一次短途旅行,在他的监督下我不得不写下每天的见闻,包括对所住旅馆的描绘,从什么样的摆设到什么颜色的窗帘。我感到自己写得很费劲,没想到他看后却大感兴奋,夸我写得好,说我不但知道有次序地观察和描写,还懂得运用所学不多的词汇。这让我深受鼓励,我发觉自己在面对客观世界的时候,也能用语言还原出来。这应该算作我和写作的第一次结缘。说到底,写作的秘密就在于用语言来协调自我和世界的关系。

此后的学生时代,我的作文经常被老师当作范文在课堂上朗诵。这种虚荣的快感诱惑了不止我一个人,在许多诗人、作家的回忆录里边都能看到类似的事情。但是,现在我们应该都知道,作文与文学之间并不能划等号,有时还恰恰相反。所以,让我沉溺文学的并非作文,而是另一种被放逐在课本之外的文体——诗歌。

我与现代诗的结缘,来自一本雪莱诗集。我发现那些诗句不同于中国古诗的简洁与内敛,而是充满了绚烂与激情,特别符合我少年时期的心态。在雪莱陪伴我两年后,感谢互联网,我读到了北岛。要知道,在很长的一段时间里,北岛在大陆文学界消失了。初读北岛的诗,少年的我全身战栗。边陲之地的精神氛围还停留在八十年代,北岛的诗让我对周围的世界有了全新的感受与警觉。步入大学以来,我读到了顾城、海子、西川、欧阳江河、于坚等众多当代诗人的诗,深感兴奋。此外,我再次回到心爱的雪莱,从十九世纪的浪漫主义开始继续读西方文学。我喜欢荷尔德林和里尔克,在我看来,这是两个在精神上与浪漫主义联系最为紧密的现代诗人。然后,西方现当代的诗人们在我的阅读视野中纷涌而出,从波兰的米沃什到俄罗斯的曼德尔施塔姆,从美国的阿什贝利到法国的博纳富瓦,都大大拓展了我的审美边界。我最喜欢的随笔作家是诗人布罗茨基,他的《文明的孩子》至今还是我的枕边书。我最难忘的诗人是以色列的阿米亥,他的浸满宗教思想的诗句写得深刻、反讽、机智动人。这些诗与诗人让我逐渐步入文学的精神内核。

小说家滔滔不绝地谈论诗歌,一定略显古怪。我想说的是,一方面我是在向诗歌致意,因为我自己严格意义上的写作是从诗歌开始的;另一方面,就小说写作而言,我觉得我们眼下的小说缺失最多的恰恰是现代诗歌的精神。如果没有现代的反思和诗意的飞翔,我们写下来的故事就很难获得超越性。

不仅小说的叙述需要超越性,文化的叙述也需要,这决定着文明的丰富性和高度。

关于自己小说的传统,我感到了谈论的艰难,因为在回望之际是一片纷繁的森林。我印象最深的是我在上大学时对小说的阅读量几乎到了恐怖的程度。读诗是非常节省时间的,目光短暂地停留在几行字上,心灵便做出了体验。读小说就不是了,需要花费大量的时间。小说是时间的艺术,它蕴含的一切元素都得在时间中缓慢展开,你无法像读理论、散文那样跳读,你必须一个字、一个字地从头读到尾,才能领略到它的妙处。因此,读小说曾经占据了我最大份额的阅读时间。在图书馆读,在教室读,在楼梯口读,在宿舍读,在火车上读,读得多了,就不仅沉迷在小说的世界里,还能对文本的艺术性做出准确的判断了。但是,因为人生经验的局限,我迟迟没有动笔写小说。那时,我除了写诗,便是写读书笔记。这个爱好一直保持到现在:书评一直是我愿意为之的文体。刚开始写书评是逼着自己要把书读透,现在则是逼着自己必须继续读书,并且还得读透。

我写小说始于毕业后的那段漂泊岁月。我住的是条件不咋样的筒子楼,难免会遇见恶邻,自此我开始被卷入象牙塔之外鱼龙混杂的社会。那会儿,我面对这些的时候,一定很虚弱。因此,我相信恶的力量。我写下了自己的第一篇小说《非法入住》,打印出来邮寄给了《大家》杂志。半年后,在我忘记这件事情的时候,韩旭主编给我打来电话:"那小说写得不错,我们打算发。"我当时还在睡觉,迷糊中觉得亲爱的上帝你终于想起我了。

从《非法入住》开始,我接连写下了《合法生活》《无法无天》两篇中篇小说,戏称为"法三部曲"。随着写作的深入,我逐渐意识到,恶是需要作家用精神力量去穿透的东西,而不是能纵容自己深陷其中、甚至迷恋其中的东西。写恶比写善更有深度,其实是一个误区。因为对善的抵达是需要恶的难度的,没有这种难度的善是单薄的、廉价的,所以那种深度并非来自恶本身的价值,而依然在于善的发现。一个作家写作的时候,心中要永远怀着悲悯之情。这是写作的基本道德和根本立场。

有了这样的想法,即使写作不会取得太大的成就,也不会误入歧途了。接下来,我写出了长篇小说《获救者》以及中短篇小说《内脸》《第二人》《没有指纹的人》《倒立生活》等。如果写作只是为了能发表、能出版,而不能有所创造,不能对自己的生命经验进行升华,我会觉得痛苦。因为在这个时代,将写作作为谋生手段不但风险重重,而且非常低效。我们写作,应该是为了创造。但创造,是最艰难的。诗人策兰说:"艺术就是要进入你深层的困境,让你彻底自由。"我在很多场合都援引过这句话,现在再次引用,为的是警醒自己。困境,是我们的现实和处境;自由,不但是艺术的目标,更是生命的终极追求。永远不能忘记这两点。

对于自己的作品,我尽量避免过多谈论。倒不是我对它们失去了信心，而是我更加渴望它们来谈论我。我现在的想法很简单，那就是趁着精力充沛，多写一些，多探索一些，使得作品的形态更加多元一些。

这篇文章即将结尾，它自然不是什么回忆录，只是我对自己的一次反省。时刻反省自己已经度过的生命，应该成为每个人的必修课。有时我甚至偏激地想，人的生命的丰富程度，取决于回忆的深度。在少年时代，我是一个特别热爱回忆的人，我会在没有朋友陪伴的周末，将自己并不漫长的一生在脑海里播放一遍，就像是温习历史课本一般。一些生命中的关键节点，我会反复回忆，直到那些细节清晰起来，在那一瞬间，我会感到一种如美玉般通透的畅快。那时，我对自己的所来之路有着清晰的认识，对未来的梦想有着强烈的憧憬。但是现在，我不得不说，我变得很少回忆，各种纷杂的事情占据心间，常常让我疲惫不堪，记忆的管道也在长久腐蚀下有了斑斑锈迹。我希望自己接下来的写作，不但能清理干净那些锈迹，而且能在记忆的疆域上扎下根来，建造起一块坚实的文学根据地。

2013 年 4 月 8 日

第一课

一、为何我被带到这里

小猫生下来了。身体是肉色的，覆盖着一层淡淡的黏液，头颅细小得像枯萎的无花果，几乎看不见它的眼睛和鼻子，只有头顶长着一撮黑发，这是遗传自小蜜的。

小蜜是它的母亲，这个名字本来是一句玩笑话，现在却成了它的名字。其实也是恰如其分的，一只白色的温顺的母猫，叫声像小女生一样甜蜜。

我手持摄像机，把小猫出生的整个过程都录了下来，用镜头特写这个小家伙时，它像极了美国导演雷德利·斯考特创造的那个著名形象——异形。它大声叫唤着，像是一只受惊的鸟，声音之大出乎我的意料，一个刚刚诞生的小生命居然能发出那么高分贝的声响，足以证明它内部蕴藏着巨大的生命力。

这个小异形在冰凉的地板上爬行着，我找了一块纸板给它，它并不在意，毫不犹豫地爬了过去，终于找到了妈妈的身体。这个妈妈完全不知所措,一边呻吟着,一边竟然还低头用舌头梳理着自己被羊水弄脏的毛发。有了妈妈的温暖,小异形的尖叫声变小了,它在妈妈的腹部寻找着乳头,找了好久都没找到。小蜜的乳房还没发育,隐藏在浓密的绒毛里。这时,小蜜突然侧过了身体,原来又有一只小猫要出生了。这是个黑色的小家伙,毛茸茸的身体让它看上去比它的姐姐要大上一号。它表现得也更加沉稳,仿佛对于来到世界这件事情是有信心的,我几乎听不到它的叫声。

小蜜终于舔干了它们身上的黏液,并且吃掉了与自己身体藕断丝连的胎盘。这个场景有些血腥,我都快忘了小蜜是一只猫。两个小家伙终于找到了妈妈的乳头,开始吮吸起来。一开始小蜜应该还没有奶水,小家伙们发出了急躁的叫喊,但过了一会儿之后,它们尝到了甜头,开始享受了。小蜜抬头看着我,一脸无可奈何的样子。

此刻已经是凌晨两点了,我想它们一定会母女平安的,便拖着疲惫不堪的身体去睡觉了。早上起来,看到它们还在睡觉。它们一定累坏了。我给小蜜的饭盆加满了猫粮,去上班了。这一天,它们总让我有所牵挂,尤其快下班的时候,又有些杂事缠身,不能疾走,让我更是感到焦虑。我很担心脆弱的小猫们能不能在这个严酷的世界上存活下来,这第一天,尤为关键。

回到家的时候,天已经全黑了。令我吃惊的事情发生了,我看到窝里多了一只陌生的小家伙,身上的毛是灰色的。这个天外来客让我仔细回想,难道是我记错了吗?不可能啊。这神奇的小蜜居然趁着我不在家,又生了一只小灰猫。这胎与前两胎的间隔时间如此之久,令人难以置信。无论如何,这自然是一件好事。我伸手轻轻碰了碰它,感觉它很结实。小蜜家族又多了一名成员,更为壮大了。

二、最后一根线头

从现在开始,我决定用人类的"他/她"来指代小蜜家族的成员们,因为在生与死、繁衍后代与养育子女等等方面,他们与我们实在没有本质的不同。正如在网络上,大家都把猫咪叫作"喵星人",一个极其形象的可爱昵称。

小蜜已经逐渐适应了有孩子的生活,她现在饭量增加了一些,但变化更大的是她对水的渴求。她经常会走到水盆前蹲下来,然后低头喝上好久。我发现猫科动物那种用舌头卷水的方式似乎并不高效。当然,不难理解,它体内的许多水分都变成了奶水,被小猫们吸走了,为他们提供着全部的能量。这就是一个生命对另一个生命的直接滋养,最能让人类产生感同身受的温润之情。

这个阶段的小猫们完全靠触感来判断一切,所以当他们感触不到小蜜的时候,就会惶恐不安起来。但小蜜看着自己的孩子们,不再显得张皇无措。她吃饱喝足,坐在地上休息一下,看看天空,舔舔美腿,再去上个厕所,这才走向这群即将精神崩溃的孩子们。她大大咧咧地走过去,几乎看也不看,就躺在他们中间。有的小猫被压到了,痛得吱呀乱叫。小蜜挪了挪身子,他们开始在妈妈身上攀爬起来,争先恐后地去寻找乳头了。

我看着小猫们紧闭的眼睛,想到他们对这个世界一无所知,却精确地知道应该怎样生存下去。这种生命的本能隐藏在他们的基因里,代代相传,不需要言传身教,这究竟是如何做到的?这些复杂的密码是怎么深入到分子结构的微观层面上的?仔细想一想,令人不得不感慨生命的伟大。

为了生存的竞争是残酷的,尽管小蜜的乳头数量足够,但是小猫们找不到的时候就会丧失耐心,转而去抢占别人的。他们一生下来就长着鱼刺般锐利的小爪子,即使我非常轻柔地握着他们,他们也会挣扎起来,用爪子使劲抓我。尤其是第二只出生的小猫——小黑,她的爪子最锋利,每次都将我抓痛。当然,这种痛在可以忍受的限度内。再等他们长大一些,我将无法承受他们的利爪。

小猫们的脐带还没完全脱落,像个线头似的粘在肚皮上,使得他们看上去像是刚刚完工的布玩具。他们身上弥漫着一种甜腥的气味,我猜这和人类的宝宝一样,也是一种乳臭未干的味道。小猫们似乎一直没有排便,只有几滴尿水。我没法给他们穿人类宝宝的尿不湿,所以时间久了,他们身上除了那种甜腥的气味之外,不免有点儿淡淡的骚味,还好并不明显。

他们作为全新的生命,一切都是非常干净的。

那只最晚出生的灰色小猫,体型最大,力量也最大,抢奶的时候经常蛮横地用爪子击打两个姐姐的脑袋。作为报复,两个姐姐喜欢一起把脑袋压在小灰的身上睡觉。小灰倒是无所谓,睡得很沉,一动不动,仿佛身上扛着的不是俩脑袋,而是一床温暖的厚棉被。当我把小灰轻轻握在手掌里,他不像其他小猫那样挣扎,而是继续酣睡着,我这才发现小灰是公的,是一只无所畏惧的小公猫。

但是就叫声来说,第一个出生的小异形的声音最大,最为尖细。这只小异形身上原本透明的绒毛现在逐渐变白了,预示着她将会长成和自己妈妈一样漂亮的白猫。不过,这只小白虽然叫声大,可它的力气其实是最小的,看来她已经懂得了虚张声势的生存之道。我应该对她的生存能力感到放心。

小黑是个胆小的家伙,我用手轻轻抓起她两次,两次她都尿了,应该是吓尿的。可以看到一滴如眼泪般大小的水滴,粘在它的屁股上。我用纸巾帮她轻轻擦干净,放回到她的兄弟姐妹里边去。可她的方位感完全乱了,她懵懵懂懂地从母亲的怀里钻出来,往外爬,不知要爬往何处。小蜜看着她,也只是轻轻地喵一声,并不多管。动物从婴儿阶段起就必须得自力更生了。人类对婴儿的呵护,一定会让所有小动物羡慕和嫉妒。小黑爬了很远,撞到猫笼子的底座上,然后掉头往回爬。终于,她又爬回了妈妈的怀抱,和兄弟姐妹们混战在了一起。

我看着小蜜,小蜜也看着我,我叫她:"咪咪!"她马上就答应我:"喵。"她的嗓音变得低沉、富有磁力。她已经在最短的时间里,变成了一个成熟迷人的母亲。

三、从秘密中脱落

目睹小猫们的出生,让我对生命有了更多的感触。越高级、越复杂的生命,生存的力量就越弱。想想昆虫的繁殖方式:比如蜂王,在最旺盛的时候,一般来说一昼夜都可产卵1 500多粒,最多可以有2 000多粒。这是低等生命以量取胜的方式。而人类,一次一般只能产一胎,而且要在子宫内孕育将近一年,生下来,至少还得生长16到18年,才能算是一个成熟的个体。但这正是上帝的意志,是自然的平衡之道。如果人类以蜜蜂的方式来繁殖自身,很难想象这个星球将变成什么样子。

猫一胎可生产三、四只小猫,它们的生命复杂程度介于人类与蜜蜂之间吗?我不敢轻易断言,我只知道猫的存在对于人类来说,与蜜蜂相比非常不同。人类饲养蜜蜂,从它们那里获得蜂蜜。人类饲养猫咪,获得的是什么呢?也许曾经是为了捕捉老鼠,但也不全然如此。猫咪对于人类来说,好像没有什么实际可用的东西,还需要人类费尽心机去照顾它们。它们能给予人类的,只有孩子似的可爱。

有一次,我给他们喂食的时候,小蜜朝我走来,我忽然发现三只小猫少了一只,立刻确认是小灰不见了。我赶紧四处寻找,都没找到。就在我非常焦急的时候,小灰从小蜜的肚子上掉下来了。原来是他吮吸的力气太大了,以至于他能随着小蜜站起来,并且在空中荡来晃去都掉不下去。当你目睹这样的可爱情形,怎么能不会心微笑呢?

与小灰的贪吃不同,小黑是个好奇心很重的家伙,当其他小猫还在吃奶的时候,她已经离开了小蜜的腹部,向小蜜的头部探索而去。她趴在小蜜的脖子上,让小蜜看上去像是戴了一条很漂亮的黑围巾。她们一黑一白,颜色搭配得非常鲜明。过了一会儿,小黑离开了小蜜的脖子,爬到了小蜜肚子的正上方。那里起起伏伏的,小蜜正在像个风箱一般呼吸着,发出粗重的声响。小黑一动不动地趴在肚皮起伏最剧烈的地方,好像在深切感受着妈妈生命的波动与节奏。

在他们出生的第四天,我看到他们附近的地板上有了几根苹果把似的黑色小棍,这是什么东西?我猛然间想到:难道是脐带脱落了吗?我轻轻拿起他们,一一查看,那黑色的"线头"果然找不到了,像是终于缝合完毕了一般。这就是所谓的"瓜熟蒂落"呵!小猫们起码在形式上完整起来了,可以在这个陌生的世界上扎住根了。

第五天的早上,我刚起床就听见了小蜜撕心裂肺的乱叫声,我知道她的癫痫病又犯了。她已经犯过好几次了,每次她都会全身痉挛,在地上打滚抽搐。她的眼睛变得很大很黑,仿佛死亡那可怕的阴翳显示了自身的存在。这种状态经常会持续两到三分钟，然后她就变得精疲力竭，昏昏欲睡。自从小蜜产下小猫以后，我开始一厢情愿地认为也许她得的不是癫痫，而是某种妊娠反应，就和人类一样。人类怀孕的时候，不也会恶心呕吐吗？可现在，她又一次陷入了这种恐怖的状态，看来她得癫痫病是确凿无疑的了。我为小蜜感到难过，因为她迟早会死在那上面。不过，谁能猜透死亡呢，它总是那么出其不意。

在小蜜抽搐打滚的时候，小猫们被她狂躁地挤压到了一边，幸好他们都没有受伤。他们的眼睛还没睁开，看不见妈妈此刻可怕的样子。如果他们看见了，一定会感到害怕极了。我非常担心的是，他们中的某一只也许会把这种噩梦式的基因继承下来，无辜地遭受这种剧烈的痛苦。有什么办法呢？这就是生命里边泥沙俱下的那一面。

第七天的时候，小白的右眼有点点睁开了，露出了里边黑色的眼仁。我朝她挥挥手，她没有特别的反应，也许她能看见的只是一个晃动着的巨大物体。我在代表这个陌生的世界向她打招呼。第九天的时候，小白的眼睛依然没有完全睁开，她的右眼差不多睁开一半了，而左眼只有一点点缝隙。她是最先出生的，但她在体格上的发育是最迟缓的，体积与力量都不及她的妹妹和弟弟。她身上最引人瞩目的就是较大的爪子，以及上边如牙齿般的黑色爪尖。她那么瘦小，的确需要这样的武装。我再去看小黑时，发现她的双眼同步发育了，大眼角都睁开了,我让她躺着,捧在手掌里,近距离看着她,她竟然停止了挣扎,变得异常安静,她眼角露出了不同寻常的光泽,表示她也在注视着我。在这瞬间,我感到我与她之间有了深刻的精神接触。她的脚垫不像小白似的粉红,而是黑褐色的,显得饱满结实,如同黑人运动员的肌肉。

四、凝视,在眼睑里发芽

小蜜粉红的乳头变长了,周围的毛也脱落了,形成了一个特别规则的环形,如同月球的环形山,这些变化都是为了让小猫更快地找到能量的源泉。小蜜进入哺乳期之后,有四个乳头显著发育了,但奇妙的是,因为只有三只小猫,活跃的也只有三个乳头,另外一个乳头一直处在发育的边缘。当小猫抢奶时,小蜜会不断调整自己的身体姿势,以便每只小猫有同等的几率吃到奶。小蜜的爪子像动漫中的机器猫那样,缩成了圆圆的一团,她怕自己的利爪伤到自己的宝宝。小猫在喝奶时,小爪子也在妈妈的肚子上一按一按的,好像奶农在挤牛奶一般。

小灰最为贪婪,当其他小猫在睡觉时,他还在吸吮妈妈的奶水。他的眼睛直到现在还完全没有睁开的迹象,但由于贪吃,他率先排便了,像是小虫子样的粪便粘在它的尾巴上,甩也甩不掉。我只好用卫生纸帮他擦掉了,这种感觉有点儿像当爸爸。这些小猫们永远都不会知道自己的爸爸是谁,他们只能记住这个以粗放的方式照顾他们的男人。

又过了几天,小灰的眼睛终于睁开了一些,但只有左眼。他的大脑袋配上这么一只独眼,让他看上去特别像是一个坏坏的海盗。小白睡觉的时候,一定要把自己的脑袋搭在别的小猫身上,仿佛她自己无法负担头颅的重量似的。当她独自待在一边的时候,就会变得焦虑不安,她仿佛惧怕孤独。不过,当别的小猫试着把脑袋往她身上搭的时候,她会拼尽全力反抗,从不妥协。她可不想吃亏。

这些小猫们,只要是在吃饱喝足的时候,便会抱成一团,互相温暖、抚慰与嬉戏,是天底下最好的一家人。可是在吃奶的时候,却不惜大打出手,用他们锋利的爪子使劲抓兄弟姐妹的脑袋。我有时会担心他们会不会弄伤了。后来我的担心终于变成了现实,我抚摸小黑的脑袋,发现她的头顶就有一道明显的疤痕。看来,是该给他们剪指甲了。我让朋友从网上买了专门给猫剪指甲的工具,然后给他们一一剪了,这才放下心来。

到第十二天的时候,小猫们的眼睛基本都睁开了,但还没完全长成,猫眼特有的那种妩媚尚未出现。仔细观察他们,可以看到他们的眼睛上蒙着一层黑褐色的薄膜。尽管这使得他们看上去总是一副睡眼惺忪的懒样,但却能有效地保护他们尚未发育成熟的视觉神经。比起眼睛来,他们的身躯长得太快了,我发现小黑小灰并排躺在一起就将小蜜腹部的位置全部占满了。剩下瘦弱的小白不甘心地喵喵叫着,寻找着吃奶的时机。她瘦弱的身子看上去像极了一只混杂在猫群里的小白鼠。

半个月过去了,没想到他们的眼睛还没完全发育好,还没有像成年猫的眼睛那样灵转生动。要知道,猫的眼睛是非常漂亮的,要不人们怎么会用猫的眼睛给宝石命名呢?而且,人们还坚信这种所谓猫眼石的宝石,有着猫的灵性,可以消灾辟邪。就我面前的这三只小猫而言,小黑的眼神显得呆滞,似乎时时沉溺在自己的小世界里;小灰的眼神有些憨厚的感觉了,每次吃饭都大快朵颐,好不快活;而小白的眼神最漂亮,经常还皱着眉头,透着一丝深沉的忧郁。小白已经懂得观看了,当我看她的时候,她也在看着我,她已经意识到了来自其他生命的凝视。

当我拎起小猫的脖子仔细观察的时候,小猫安静地看着我,像是玩具模型一般,毫不挣扎,可等我把他们放回到小蜜身边时,他们却无头苍蝇似的开始乱爬,一副受惊的样子。小蜜会赶紧站起身来,温柔地舔着小猫的身体。近来我经常发现小蜜在舔小猫的身体,通过仔细的观察,我发现了一个秘密:小蜜居然会把小猫的便溺舔得干干净净的。这让我感到惊讶极了,我查阅了相关资料才知道母猫的确会这样做。怪不得自从我上次发现小灰尾巴上的粪便后,便再也没看到别的小猫的粪便了,原来是被小蜜吃掉了。我想,这个事情也许听上去令人不适,但我倒觉得没有比这更生动地体现母亲与孩子之间的舐犊之情的。

　　小猫除了吃奶,其余的时间基本都在睡觉。小蜜在小猫们睡着之后,要么会显得极度无聊,要么会显得躁动异常,难道她也感到孤独了吗?可她以前独自待着的时候,不是一直很安详很平静的吗?看来,孤独并不是形单影只,而是他者缺席之后主体对自我的强烈感知。是的,如果没有他者,我们是无法感知到自身的。但对人类来说,我们感到孤独是因为在现世众神已经隐退了吗?……好吧,暂且先不关心人类,也不关心小猫,只关心下我自己吧。对我来说,是什么样的他者缺席呢?也许不仅仅是认识的人,亲人,爱人,而是包括一切人,大街上的醉鬼,小巷里的小贩,都是我们的他者。在静夜里,当我们听到他们的声音之际,在内心激起的是多么丰富的思绪啊。

　　一个月了。人类对婴儿的满月极为看重,但是对猫咪来说,一个月已经足够漫长,他们的发育程度早已超过了周岁的婴儿。他们的身体长大了两倍都不止,体毛浓密得像穿上了漂亮的皮大衣。他们踮起脚四处走动着,活动面积扩大到了整个阳台。他们好奇地研究着这个世界,尽管这个世界就是一个小阳台,但他们在这个小阳台上足以看到整个世界。

　　他们各自不同的性格也初现端倪。小白动作机敏,干练活泼,不惧与人类交往。她长得很漂亮,一身雪白的毛,头顶还长着一撮黑色的"头发"。她极端的爱美之心更是令人莞尔,她在闲暇的时候最喜欢做的事情,便是像她妈妈那样,顾影自怜地舔着自己腿脚上的毛发。小黑孤僻而神秘,经常独自躲在角落里,时而冥想,时而研究眼前的任何事物,比如一把扫帚。这让她变得最为聪明,常常是她最先发现周围环境的变化。不仅如此,也许是因为安静可以积蓄能量的缘故,她的块头仿佛一夜间便超越了小灰,变成了最大的。最小的弟弟小灰,是一只直率的家伙,他不掩饰自己的怯懦与欲望。他的恋母情结非常严重,小蜜一离开,他就会大声鸣叫。他贪吃,有一次他爬到猫砂里,嗅着嗅着,猛然间就咬下去一大口。幸好猫砂是见水即碎的,不然他真是闯大祸了。

在一个阳光明媚的午后,我给单反相机充好电,然后把这几个"喵星人"的小明星请出来,放在客厅的舞台上。他们张皇失措地四处爬行着,我赶紧趴下来寻找着拍摄的角度与画面。在镜头里看他们,和平时所见的还是有所不同。平时你会觉得这些小家伙行动迟缓,总是小心翼翼的,但在镜头里,你特别希望他们能安静下来,哪怕一秒钟也好。你不得不失望了,你发现他们的肢体其实是在一刻不停地活动着。即使他们停止了爬行,他们的脑袋也会左右转动,像是上了发条的玩具似的。我非常直观地领悟到,让生命安静可不是一件容易的事情。他们和世界的关系还太简单,正是因为他们一无所知,所以世界无时无刻都像海水那样冲撞进他们的生命深处,等到他们的生命足够富足的时候,才能有相应的韧性去抵御住这种永不停歇的冲击,并且怡然自得地对眼前的变化闭上眼睛。

五、番外篇：完全不同的同类

接下来我要叙述一段插曲。对于小蜜家族来说，这也是一次不同寻常的邂逅：是第一次，也是最后一次。

那天傍晚的时候，我家门外的楼梯口出现了一只黑褐色的母猫，她有着紧绷的流线型身体，踩着敏捷的步伐，一看就是野猫。她冲我喵喵叫着，聚精会神地看着我。以往遇见这样的猫，在十米开外它们就会消失得无影无踪，但是今天她大大缩短了和我的距离，根据目测应该只有两米左右。

我不知道什么缘由会让她想亲近我，是我身上带有猫的气味？还是我作为一个新晋的猫主人对猫有了不同以往的关注？

应该都有。

她跟着我到了家门口，我拿猫粮抛给她吃，但她只吃离我一米开外的。我现在对猫有了足够的耐心，一点点地把猫粮越丢越近，直至丢在门的内侧。对我的举动她很警惕，她不断地叫着，声音很大，透着一股子野劲。只要我稍有移动，她就掉头逃窜。回头看看我没有动弹，再缓缓爬过来。

终于，她放松警惕，进到门内侧吃猫粮了，我迅速起身把门关上了。她只在一瞬间便发现了这点，立即疯狂地弹跳起来，足足有一人多高，这使她抓到了门上的纱网，并扒在那里，回头惊恐地对我大声哀叫着,那种凄厉的叫声让人胆战心惊。我没想到野猫对人的敌意会这么大。我后悔了,想赶紧打开门把她放出去。但我的举动再一次吓到她了,她猛然跳了下来,轻松越过一米多高的鞋柜,又跳上餐桌,扑到沙发上,踩着茶几,一个急转身,窜进了书房。

那迅猛的黑影生动地诠释了家猫身上退化的东西。要知道,小蜜平常最多只能跳上小腿那么高的沙发,把她放在一米多高的鞋柜上,她都会犹豫很久才跳下来。她走路都是缓慢和优雅的,像是大户人家的小姐。

小蜜看到野猫后,倒是无所谓的。主要是阳台上的几只小猫受到了惊吓,全都躲在桌子下面,挤作一团。我有些后悔让这只野猫进了家,万一她咬伤了小猫可怎么办?!我赶紧跑进书房驱赶她,她又急速地奔跑,重新到了大门口,面对紧闭的大门发出了极其惨烈的哀叫。我深知我没法靠近她,帮她打开门,因为她随时准备逃跑或是进攻。

我想了一个办法,把小蜜抱了过来,让她和这个陌生而又惊恐的家伙打个招呼。

小蜜这次表现非常好,她走着模特步,过去用头碰了碰野猫的脖子,好像在说,别叫了,没什么大不了的。野猫的哀嚎声一下子弱了下来。我继续抛猫粮给野猫吃,但她完全被惊恐束缚住了,站在原地一动不动。小蜜毫无地主之谊,看见猫粮马上开始低头大吃,把附近的猫粮吃了个干干净净,甚至连野猫两腿中间散落的颗粒都没放过。野猫对这个贪吃的家猫感到无语,终于停止了哀嚎。

这样一黑一白的野猫和家猫并置在一起,形成了鲜明的对比,我饶有兴味地看着他们,一时忘记了野猫的野性。野猫趁我不备,一个箭步,绕过我,冲向了阳台。这下我着急了,因为小猫都在阳台上,据说有些大猫会攻击并虐杀小猫。我赶紧打开大门,然后拿起扫帚冲了过去,野猫一跃就站在了阳台的窗棂上,用贼亮的眼睛俯视着我。我不知道她是否明白,她的身后便是万丈悬崖。我把扫帚搭在她的身子上,轻轻拍她,我能感到她的身体很紧张,内在正强烈地克制着身体,表面上显得纹丝不动。

但她开始抗议了。她又开始了哀嚎,而且那声音变得很诡异,极度难听,如果勉强用人类的语言来模拟的话,特别像英语的"over"。"Over! Over!"她死命叫着,用英语宣告自己快玩完了,这让我既厌恶,又好笑。

野猫阴鸷的神情让小蜜也显得紧张了,她赶紧卧倒,让三只小猫蜷缩在她的怀里。她目不转睛地盯着那只野猫看,野猫却不看她,只是看看我,又看看小猫,怪叫声持续不停,她无法理解小蜜和我在房间里的生活,她要回到户外去,哪怕在垃圾堆里觅食。也许,我们每个人都曾向往和歌颂过这样的野性,但当这种野性真的出现在你面前的时候,你又觉得那是多么丑陋和凶恶的一种状态啊。

我把扫帚倒过来,用杆子敲打野猫脚边的地方,我还没反应过来,她已经跳了下来跑到了客厅。我追了过去,她向门外跑去，敞开的大门吞噬了她，我赶过去把大门关上了。透过门上的纱窗往外看，她早已消失得无影无踪了。

这时，小蜜从阳台晃晃悠悠地走出来，低头嗅着一些地方，那些都是野猫留下痕迹的地方。她很有耐心，几乎把野猫待过的每个地方都找了，包括书房的床底下，似乎在确证危险百分之百地解除了。

说起来，野猫的爪子真的很脏，在沙发上留下了浓墨重彩的一笔。我摇摇头，拿出抹布来擦。等我把被野猫扰乱的房间收拾得差不多的时候，门外又响起了那只野猫的叫声，不同的是，这次的叫声相对好听。她在讨好。

我打开门，她还是很惊恐，向后缩去，眼睛却盯着门里边，好像在回忆刚才的遭遇。也许她有些后悔自己跑掉了，有人收养是多么舒适的生活呀。但是，她让我恐惧，我也让她恐惧，我们还是各安天命，让自由的回归自由吧。我拿了些猫粮放在门外，关上了门。我听见她咀嚼的声音。吃完后，她又讨好地叫了一会儿，我没有理会。她的叫声便沉寂了。我有种预感，我第二天还会碰见她的。

果然，第二早上的时候，我一出门就看到她在楼道不远处等我，讨好地向我叫着。我走近她，想碰碰她，可她触电似的跳开了。我对她做了个鬼脸，赶着去上班了。她尾随我来到楼梯口，然后停下来，站在那里目送着我远去，像是一种告别。

从此，我再也没见过她。

六、这个世界的合约

出差一周,回到家里,我惊奇地发现小猫们突然间就长大了。当他们伸直修长的后腿走路时,看上去像是踩在高跷上小心行走的精灵;当他们弯着后腿奔跑的时候,又像是在原野上高速奔跑的猎豹。他们的脸庞也长开了,圆圆的眼睛,软软的鼻子,粉红的嘴巴,以及有些滑稽的胡子,可以说,他们完全变成了宠物的样子,也就是人类心目中猫咪应该成为的那种可爱的样子。

他们时而优雅、缓慢,时而翻滚、迅疾;时而相拥在一起,呼呼大睡,时而又无缘无故攻击对方,龇牙咧嘴,低沉吼叫,如同势不两立的仇人。面对这样的小动物,人类无法无动于衷。可这究竟是一种什么样的情感?是人体验到了自身中某些幽暗的部分,还是人终于可以短暂逃离出所谓人性的局限?人与动物之间,尤其是与动物的幼崽之间,究竟存在着一种什么样的关系?

尽管他们还在喝奶,但仅靠小蜜那稀薄的奶水已经无法满足他们的能量需求。另外,他们的牙齿也开始快速发育,那些只有芝麻大小的细密牙齿,已经如钢针般尖利。小蜜在喂奶的时候,越来越频繁地发出痛苦的哀嚎。

每当我给小蜜喂猫粮的时候,他们都会好奇地聚拢过去,但只是用鼻子嗅嗅。这天,小灰率先咬了起来,看他小脸上痛苦的表情,就知道他嘴里咬到的可是个硬家伙。但他不想放弃,使出吃奶的力气,咔嚓,咬下来了一块,他立马吞咽了下去,空荡荡的肠胃感到了一种前所未有的舒适。小白和小黑见状,也扑了上去。看到他们这种饿虎扑食的样子,我知道是该给他们买幼猫的猫粮了。

幼猫的猫粮看上去竟然像老鼠药。这听上去有些荒诞,但的确是我的第一个感觉。有时候小猫们吱吱的叫声,也会让我觉得阳台上奔跑着一群老鼠。看来,敌人总会变成我们自身的一部分。我给小猫们准备了一个新碟子,把猫粮倒进去,发出好听的沙沙声。他们很快就围过来了,应该是被气味所吸引。这次小黑率先咬了咬,发现味道不错,立刻大口吃了起来,一边吃还一边发出悠长的呻吟声,好像我们人类吃到美味的时候,也会感慨万千一下。小白和小灰赶紧跟上,也大口吃了起来,同样发出了那种悠长的呻吟声,这让他们变成了一支赞美食物的唱诗班。他们的肠胃有生以来第一次被食物充溢,这架生命的消化机器已经开足马力开始工作,他们将快速成长,变成无所不能的猫。

就在这小猫初次进食的美好时刻,毫无征兆地,小蜜的癫痫发作了。她口吐白沫,头歪向一侧,整个身体围绕着看不见的中心旋转着,发出撕心裂肺的呻吟声。小猫们全都惊呆了,忘记了刚刚享受的美味。这是小猫出生之后,小蜜的第二次发作,但我们都知道,在她第一次发作的时候,小猫们的眼睛尚未睁开，因此对妈妈身上发生的事情一无所知。可此刻完全不同，他们首次目睹病魔在妈妈身上肆虐，让妈妈变得像魔鬼一般陌生和可怕。他们在妈妈身边围成了一个圈，瑟瑟发抖地看着魔鬼的表演。这简直像是上帝的玩笑：他们刚刚品尝了生命的滋味，立刻就要目睹生命的阴暗，他们应该已经有所预感了：这种火与冰的冲撞将会一直持续在生命的进程之中。

我感到很无助，我无法帮助小蜜，更无法帮助小猫们。我深深觉得，此刻我和他们是在一起的。即便身为一个人，一个比猫科动物高级的人，一样无法逃脱这种生命的冲撞，我未必比他们更能承受住这种血与肉的伤害。

当小蜜的抽搐终于平息下来的时候，小猫们竟然毫不迟疑地走到她的面前，开始舔妈妈的耳朵和额头，舔妈妈的鼻子和嘴巴，舔妈妈被口水濡湿的脖子上的毛发。我为他们感到骄傲，我知道，我的小猫们已经顺利通过了生命的第一课，和这个巨大而陌生的世界签订了短暂却平衡的生存合约。

和我一起祝福他们。

2013 年 11 月

谁的童年

总有一些人会认为,你的童年决定了你是谁。海明威说得最武断,他说造就一名伟大作家的,是不幸的童年。但海明威的童年并非不幸,而是相当潇洒,他热衷于户外运动的习性,在童年时就显现了。可我还是觉得他说得有道理,关键就在于我们如何理解"不幸"。"不幸"应该是一种主观的感受,一个阿拉伯王子挥金如土,但他觉得自己是"不幸"的,那他就是不幸的。那么,也几乎可以说,"不幸"对于人是必然的。"不幸"其实就是人的局限,但人要用一生的时间,才能真正认清和适应自身的局限。

如此说来,在无忧无虑的孩子心中,生命与世界原本是亲密无间、自由无疆的,但世界的真相却是孩子只能待在一个随机的地方,然后,把所有的热情都倾注到这块随机而又局限的小地方。我想到了自己的童年,无法与大多数人分享的童年。我这一代人的童年,要么与乡村有关,要么与城镇有关,而我,则是游牧的。但又不是真正的游牧,几乎混杂了游牧、城镇与乡村这三者,我从每一种生活的边缘滑过,无法停留驻足,寻找家园的孤独已经是注定的了。

我一眼就能分清马、驴和骡子。尽管好多年没有在路上见到它们了,但我相信,只要当我看到它们,就会迅速认出它们。

在我童年的街道上,马是一种巨大而高贵的生物,我要仰着脑袋,才能看到它油光水滑的背部,继续仰头,才能看清镶嵌着花纹的马鞍,以及马鞍上穿着藏袍的牧民。那样仰头观看太费劲了,因此,我在记忆里更多地储存了马腿走路的状态。马腿是很修长、很漂亮的,它所拥有的曲线具备一种绝对的力量之美。它的脚却很小,浓缩成了一块黑色的橡胶块,底下还钉了铁掌。马走在马路上,不但姿势优雅,而且还发出"科达科达"的配乐,充满了节日的仪式感。不过,在那甩动着的浓密的尾巴后面,忽然会掉出一大堆褐色的球状物,这给它的优雅打了折扣。

县城唯一的百货大楼自然是一切的中心,大楼的墙面上环绕着一圈铮亮的银色钢管,像警察系着醒目的皮带。马的缰绳就绑在钢管上。马在等待主人的时候,除了拉屎撒尿,就是和同伴窃窃私语。马似乎也喜欢接吻,鼻孔张得老大,在冬日里喷出白色的雾气,然后用翻卷的嘴唇吻向对方。有的马肯定很暴躁,它们的腿被绳子以对角线的方式绑在一起,几乎无法移动了。

当然,我也经常会见到驴或骡子,但驴和骡子的主人不大愿意把自己的坐骑和高头大马放在一起,那样看上去会令人伤心。这种心情正如今天开着奥拓汽车的主人,不愿意把车停在宝马旁边一样。驴显得矮小猥琐,骡子显得笨拙无神,它们被绑在附近的树上。高原的树大多是发育不良的杨树,窄小的树冠上长着稀稀拉拉的树叶。阳光穿过树叶,照亮驴和骡子黯淡的皮毛。驴垂着脑袋,摇晃着耳朵,有时长出了第五条腿。第五条腿很长,像大象的鼻子一样拖在地上。我和其他小男孩会好奇地停下脚步,小女孩们已经消失得无影无踪。我们捡路边的小石子,开始比赛,看谁能打中驴的第五条腿。总有人会打中,然后第五条腿迅速收缩,也消失得无影无踪。我们哈哈大笑,心满意足地放学回家。

后来,就有人提出了骡子的问题。我们知道了这个看上去傻乎乎的家伙,原来是个不会生育的杂种。我们原本喜欢用"猪"来骂人,现在"骡子"的杀伤力似乎更大,有两个男同学因为互叫"骡子",厮打在了一起。他们揪着对方的头发,嘴巴里依然互相骂着骡子,终于,有一人骑在了另一人的上面,高兴地说:"你才是骡子!"

县城只有四条主街,但我们觉得县城大极了,我们游窜在各种小巷子里边,小巷子里边有大院,大院里边又有前后排的红砖瓦房,有很多缝隙值得我们去探究。我们在县城边缘地带的垃圾场发现了一头倒地而死的驴。这头驴也许死了有一个多星期,它的肚子像气球那样鼓鼓胀胀,我们绕到它的面前,发现它的嘴唇已经腐烂了,里边白垩色的牙齿暴露在外,它的表情像是在放肆地大笑。我们感到了恐惧。我们开始攻击这头死驴。我们用石头砸它，它像是一面鼓，石头砸在它的身上，发出鼓点般低沉的声音，这种声音类似一种死亡的摇滚乐，激发了我们的斗志。我们开始更加欢快地投掷。一首音乐总是呼唤着高潮的到来。我们当中最年富力强的家伙，搬来了一块巨大的石头。他抱着石头走向死驴，两条腿像老人那样颤颤巍巍的，我们充满期待，沉默地站在他的身后。他使劲把石头砸向了死驴的肚子，发出一声巨大而沉闷的巨响，那个肚子爆炸了，他的身上溅满了黑褐色的液体，空气中弥漫着剧烈的恶臭。

我们哇哇哇地大叫着，像是被恶狗追逐一般，疯了一样开始奔跑，我们跑出县城，向草原跑去。草原的绿色让我们感到安全，草原的小溪可以让我们洗干净身上的衣服。罪魁祸首是最后才抵达的，他似乎跑不快，他像是丢了魂似的，摇摇晃晃地走向我们，我们感到害怕，只得向更远处跑去。他嘴巴里嚷嚷着什么，我们完全听不清楚，但后来，我们听见他的声音变成了哀嚎。我们终于停了下来，转身看着他，原来他在嚎啕大哭。

我们重新接纳了他。他来到我们身边，散发着臭烘烘的死亡气味，他脱光了衣服，在小溪里搓洗着。然后，他把衣服展开，铺在比较高的芨芨草上边，一两个小时的工夫，衣服就晒干了。这个时候，我们并没有闲着，我们开始捕鱼，抓青蛙，把蝌蚪放在河边的石头上暴晒。我们不知道生命有多么宝贵,只知道追逐乐趣。而只有活着的生命,才能带来更多的乐趣。

但"死驴"这个外号并没有送给那个砸爆了死驴肚子的家伙。那是一周后,死驴的故事已经在班里广为流传,人人都知道了这个吓人的故事。那天上课的时候,一位男同学放了个奇臭无比的屁,大家用力扇着书和本子,驱赶着臭气。有人说,这种臭已经比得上死驴肚子里的臭气了,大家表示认可,那位同学就此获得了"死驴"的封号。我们通过这种转移,成功地抹平了心底的恐惧和恶心。男同学恼羞成怒,极力反对着这个外号,但他反对得越激烈,大家笑得越大声,他只得沉默了。随后的几天,我们叫他:"死驴!"他并不理我们,或是对我们翻个白眼。我们会哈哈笑一下。一个月后,我们叫他:"死驴!"他会很快答应,语气和缓地说:"干什么?"我们也不再哈哈大笑,而是很自然地和他说:"放学了去玩呀!""好啊。"他答应着。没有什么好笑的东西了,叫死驴和叫他的本名是一样的,甚至,经常要想想,才能记起他的本名。

我搬家了,从县城的南边搬到了北边,离死驴家不远,从此,死驴成了我非常好的朋友。我每次放学都会等他,叫他:"死驴,别磨蹭了,我们该回家了。"死驴收拾着书包,说:"快了快了!我又被罚抄写生词了。"死驴其实长得非常好看。不但唇红齿白,脸蛋也是白里透红。我们其他男生早已被高原的紫外线灼伤,脸蛋是紫黑色的"高原红"。他简直像个异类。我怀疑女生大多会喜欢他。我童年的时候还不知道"帅"这个词,比我大几岁的姐姐有一次说:"死驴挺帅的。"我记住了这个词,但我从没对死驴说过。我不是嫉妒他,而是男人之间从不谈论男人的相貌。男人之间,而且是最亲密的男人之间,谈论的是女生的相貌。

我四年级的时候,终于第一次骑在马上了。我非常想骑,但我感到害怕,终于,梦想还是大于了胆怯。我被举起来,我抓住马的鬃毛,第一次发现鬃毛不像看上去那么柔软,而是像鞋刷一样扎人。马鞍很高,但我必须坐在马鞍上。我几乎是连滚带爬地坐到了马鞍上。我缓缓直起身子,发现牵马的牧人和祖父都变得好小,我能看清牧人的帽子,能看清祖父白色头发下面粉红色的头皮,我惊讶地发现,祖父的头皮上边竟然也有暗褐色的老人斑。然后,马开始走路了,牧人在前面牵着它,我好怕它会忽然受惊,挣脱缰绳,像疯了一样奔跑。如果真是那样的话,要么我会摔下来被踩烂,要么我就紧紧抱着马的脖子,被它带到不知道是什么地方的地方去。我觉得后者更加可怕。

骑在马背上,就像骑在一座很高的会动的房子上面一样。这种印象伴随了我很多年。我二十多岁的时候,第二次在草原上骑马。我发现坐在马背上并没有那么高。但我童年的记忆并没有遭受破坏,被我完整封存着。我闭上眼睛,就可以记起那种庞大的房子在身下移动的感觉。牧人的身影相当模糊了,甚至不见了。祖父还在边上走着,我看不清他的表情。他应该也是很高兴的,就是他策划了这次的骑马出巡。

县城里车越来越多,而马越来越少。牧民们有钱了,不再骑着马进城,他们骑着轰隆隆的摩托车进城。摩托车的外观比马差远了,它们千篇一律,长着红色的肚子,上面有个银白色的钮盖。我们扭开盖子,闻汽油的味道。第一下觉得很好闻,比之前知道的任何食物都香,再闻,就觉得肚子里翻江倒海,特别想呕吐。但摩托车有个好处,它是没有生命的,也就没有危险。当它的主人走开后,我们便骑了上去,嘴巴里边喊着呜呜呜的声音,仿佛马达已经启动,正高速行驶在路上。死驴坐在我的后边,问我:"我们去哪里?"我说:"去北京,看天安门。"可他说:"我去过,我觉得没有我们这里好玩。"我不相信他,我说:"我在电视里见过北京的,很漂亮,比咱们这里繁荣多了。"我很早就从语文课本里学会了"繁荣"这个词。歌曲也唱:"祖国要走向繁荣富强。"我不知道"繁荣"到底是什么样的,但我知道这座县城肯定与这个词是没有多大关系的。但除此以外,我没有其他的感觉,我觉得没有繁荣也没什么关系,也可以很开心,也可以很好的。

劳动也要被列入学校的教学计划,这是"素质教育"的一部分。低年级是捡牛粪。我们像羊群一样晃荡在草原上,寻找着被太阳晒干的牛粪。牛粪像大饼一样摊开在草地上,晒干之后,它非常轻薄,轻轻一碰,细细的干草屑在风中飘舞起来。我们把牛粪丢进白色的尼龙袋里,要捡够一整袋,开学的时候交给学校,否则就算没有完成假期作业。这些牛粪在冬季来临的时候,会分发给每个班级。用牛粪引火来点燃煤炭,是最便捷的方式。但是牛粪的烟很大，尤其是当有些牛粪并没有干燥透顶，而火炉的烟囱又不够密封的时候，我们几乎是眼泪汪汪地上着课。当然，火炉终究会被烧得通红，那些家远的孩子拿出携带的馒头，撕下来紧紧贴在火炉身上，不一会儿馒头片就会变得焦黄，散发出诱人的香味。我们会厚颜无耻地索要，然后放在嘴里慢慢咀嚼，不忍一口咽下去。

随着市场经济的影响，学校布置的作业成了捋草籽，反正是草原上带尾巴的那种草，都成了我们采集的目标。干草还是有很多毛刺的，直接用手掌捋草籽，多捋几次就会伤到手掌，破皮流血很常见。但男生没人戴手套，更不会有人觉得这是个苦差，因为这是一个难得的可以跑出来玩的正当理由。女生分两种，对于出生于农村的孩子来说，这点活儿根本不算什么，县城里的女孩子就麻烦了，手掌太娇嫩了，她们的家长只得戴着皮手套亲自出马。我们男生看到之后陡然有种自豪感。开学之后，堆成山的草籽被运走了，给老师们每人发了一辆崭新的自行车。对此，似乎没人有什么意见。

最后也是最疯狂的一次劳动课，我们收割了油菜花。学校在草原的某处开垦种植了大片的油菜花，应该是老师们合股投资的项目。秋季收获的时节，全校放假两天，所有中学生和小学生倾巢而出，场面极为壮观。因为距离很远，需要骑自行车前往，不会骑自行车的要被人载着。我那会儿已经学会了骑车，但姐姐不让我骑，说那里太远了，让她的一位男同学带我。事实证明这是一个英明的决策。同学们在割了一天的油菜花之后，两条腿像面条一样瘫软，一遇见上坡，他们就得下来，推着自行车，低头喘着气，而我坐在高中生的车后座上，从他们身边掠过。他们骂我，觉得我背叛了他们。有一瞬间，我很想跳下车，和他们待在一起，但我实在太累了，只能放弃了这个讲义气的想法。

成吨的油菜花不知道卖了多少钱，但这次之后，再也没有类似的"劳动课"了。据说，是有家长心疼自己的孩子，向政府的有关部门反映了情况。我们暴跳如雷，觉得那些家长多管闲事，那些家庭的孩子一定是些可怜的娇气包。老师即便榨取了我们的劳动，我们也是心甘情愿，而且甘之如饴的。没人觉得老师有什么错误，我们偏执极了，在我们心里，狂欢比任何事情都重要。我们巴不得每个月都有一次劳动课，那样，在中午的时候，就可以把家里做的饭菜拿出来，去交换别人家的饭菜。别人的妈妈总是更会做菜，自己家的饭菜吃起来总是没滋没味。

随着劳动课的废除，时间变得有些乏味，很快，我也要小学毕业了。有一天我去上学，也许是出发得太早，路上只有我一个人。当我走过熟悉的河沟，忽然有种淡淡的忧伤。左边是一成不变的河沟，右边是一成不变的小树林，前后左右曾经满是欢快的笑声，可现在一个人也没有。我忽然意识到了时间的存在。我意识到，用不了多久，我就不会再走在这条道路上去上学，而是要走去另一个方向的更远处的中学。这条没有了我的道路，也许还会响彻其他孩子的欢声笑语，但那其中没有我的,没有我朋友的,也没有死驴的。我这个野孩子居然变得敏感起来,觉察到了人生最本质的悲哀。

这种对于时间的敏感,在一次远游中获得了更加确切的感受。在县城的西边,有一片巨大的遗址,可以隐约看见三段废弃的古墙,因此被称作"三角城"。我听祖父给我讲过《薛仁贵征西》的故事,以为那个遗址就是唐代薛仁贵留下的,但老师说,那个遗址是汉代王莽时期的,比唐代还要早五百多年。我已经无法想象那样的时间,仿佛是世界开端一般,如果你闭上眼睛,那简直是万丈深渊,如果你掉了下去,你会一直坠落,永不落地。那些深渊另一侧的人,在这一侧留下的只有这些像小土丘一样的城墙了。老师说,这里还出土了一只石虎。我这才想起,我在县城文化馆大院里骑的那个玩意原来是只老虎,我之前以为是大蛤蟆。我对历史产生了兴趣,祖父的睡前故事已经无法满足我,我去新华书店买书,演义类的评书是我的最爱,那些历史英雄在故事里是那么生动,仿佛我就是他们中的一员,或者,我就住在他们的大脑里,和他们一起闯荡着世界。他们的危险永远不会伤害我,但他们的危险依然让我觉得害怕和兴奋,我总在想,世上居然还有这么好的事情?

那些阅读经历让我不再害怕历史的纵深和黑暗。我觉得那些书就像是神奇的法宝,把时间的距离给消除了。面对"三角城"的荒凉和空旷,我不再感到害怕,而是有了某种还无法说清的感慨。我体会到,那种感慨是让人充实的东西,似乎能给人带来一种力量。

最可怕的事情发生一个安静的午后。那实在是过于安静了。没有小伙伴来找，正好手头的书也看完了，一个人陷入了无边无际的思维。一个问题忽然涌现了出来：这个正在思考的意识是怎么回事？这个意识就是我吗？我就是这个意识吗？如果这个意识没有了，那么"我"去哪儿了呢？去向死亡吧？我以为自己对死亡并不陌生，那些电视上的、小说中的人，经常喊着口号、浑身是血地死去，死亡像是一种最可怕的疾病。但此刻，如果说死亡意味着这个意识的消失不见，那么死亡就不再是一种疾病，而是一种说不清道不明的巨大恐惧，我想到这儿，几乎站立不稳了，然后整个墙壁开始摇晃。我吓得闭上眼睛，但天旋地转依然没有停止。我惶惑地睁开眼睛，透过窗户发现，后面的小林一家人全都跑到了院子里，他们的脸上也满是迷茫。我跑出家门，看到了不远处的一辆推土机，我以为是那玩意在施工，还想转身回家，却被突然出现的妈妈抱住了。

"地震了！"她说。

地震的恐惧，替代了死亡的恐惧，我反而感到兴奋：地震原来是这么有趣的感觉，就像是大地变成了大海，有了起伏的波涛。

从那天起，连续一个月，我们都睡在床底下。那就像是一座隐秘的堡垒，让我的童年再一次有了想象的狂欢。

也许这是真的，童年的一切都是生命的干细胞，它的分化和成长决定了我们的今天。不过,有些特征有迹可循,更多的特征被掩埋在一场记忆的大雪之中,再也找不到踪影。当我们回忆,童年的兴奋就会点燃语言的舌头,让我们陷入无休无止的分岔小径当中。每一条路都通向看不见的深远过去,那生命起源时的深渊。那里的一切在语言的流动中被重新塑造,变形和虚构,但终归有了永恒的雏形。就像我的好友死驴在二十多岁的时候已经死去,却依然活在那万物都生机勃勃的过去。

人有什么理由不写作呢?我最初写作的时候,从没有想过要把写作当作自己的职业。我当时觉得写作是人最基本的一种欲求,其重要性介于吃饭、睡觉和看电影、看小说之间。写作,让思维变成文字,有了物质的形状,构成了一个对话场。我和那个意识反复对话,那个意识就是我吗?我就是那个意识吗?这是个永无尽头的对话,却让生命变得沉缓起来,似乎时间也被这种重量压弯而停滞。何时能实现生命的真正自由?我想,正是在摆脱时间的那一瞬间。

2017 年 10 月 8 日

逃离书房

小时候，我居住在大西北的小县城里，县城图书资源短缺，唯一一家新华书店里的书永远都一成不变。记得那会儿张恨水的小说很流行，但是作为小学生的我对那些粉艳的爱情故事并不感兴趣。书籍陈列在柜台后边，需要什么书，还得让售货员拿过来，因为国营，售货员懒洋洋的，拿多了一定会翻白眼，那种不方便可想而知。而且，那个时候每买一本课外书，都得去央求父母。那时的书并不贵，但人们的消费观念还非常保守，任何一笔支出都得经得起灵魂拷问。在这种情况下，主要的课外书来源便只能是同学之间的借阅。

这样一来，书便读得特别杂，属于有什么才能读什么，而不是你想读什么就有什么。现在回想起来，这也有它的好处，那就是可以让你时刻保持一种紧张的阅读冲动。像现在的孩子，面对触手可及的书籍，那种阅读的兴趣和激情是一定会下降的。

那会儿流传广泛的是武侠小说，尽管我也看了几部，但更吸引我的是历史演义小说，《封神演义》《东周列国志》《隋唐演义》这一类书特别能让我喜欢,还有评书类的,《杨家将》《呼家将》《说岳》格外让我入迷。从这些演义向外拓展,我进一步读了很多历史普及读物,比如各个王朝的皇帝传记等等,从而无意间在头脑里奠定了中国历史的基本轮廓。

冬天寒冷,夜晚漫长,没有强大的暖气,只有火炉是温暖的。火炉温暖的空间很有限,我必须搬着小板凳,坐在火炉边儿上,一页页,把书读下去,感觉那寒冷、那黑暗似乎永远都不会终结,但同时,因为有书的陪伴,对那样的寒冷、那样的黑暗也并不觉得可怕,是可以忍受的。就是在那小板凳上,郑文光的科幻小说《飞向人马座》给我带来了前所未有的心灵触动。几个少年不小心跑到宇宙飞船里面,启动了火箭,飞向了浩瀚的宇宙,然后他们一边学习宇宙知识,一边操作飞船,终于借助引力弹射效应返回了地球。他们经历的过程,跟我当时求知的心理历程完全对应,以至于在后来很长一段时间里,我一直想要成为科学家。尽管我没有当成科学家,但是对于科学的热爱,对于宇宙的兴趣,一直都存在于我心底的深处,直到今天。

如果说《飞向人马座》是小学时对我影响最大的一本书,对我中学时期影响最大的一本书,应该是罗曼·罗兰的《约翰·克里斯朵夫》,那是一部四卷本的长篇小说。说老实话,当时我并没有能力把四卷本全看完,因为第三部、第四部里充满了关于思想的各种讨论,我读得很吃力。但即便只是清晰透彻的第一卷,也足以滋养一个中学生了。也许正是因为它,我才理解了人生和宇宙是一样浩瀚的。还有两本书让我目睹了文学的门廊，一本是郁达夫的游记，他在散文中直露自己的孤独与无助，这对我的帮助很大，让我明白人生的基本状态就是如此，谁也无法从孤独的本质中抽身；一本是《雪莱诗选》，词语的重新组合竟然让语言有了诱人的魔力，完全不可思议。

我阅读最疯狂的时期是读大学的前三年，正因为此前环境中书籍的贫乏，我进入大学图书馆的时候都惊呆了。居然有那么多好看的书，那么多读起来让人迷恋的书，那么多令人震撼的书。我每天都在图书馆里疯狂读书，桌面上放着十几本书，像个饥饿过后的人，对食物有种克制不住的贪婪感。很多个夜晚，我都是在图书馆度过的，直到闭馆。很多个周末，也不去参加娱乐活动，只是读书。那段岁月真是太美好了。

转眼间，大学时代都已经过去快二十年了。天翻地覆的二十年。完全没想到，我们已经到了重新定义阅读的时候。究竟什么才是阅读？是否一定要读纸质的书才算是阅读？读微博、微信、知乎网文，算不算是阅读？当然，如果从广义上来说，它们都属于阅读，但是读它们和读纸质书（或以纸质书为基础的电子书），毕竟还是不一样的。书，尤其是主题性很强的书，比如某个方面的研究专著，一部长篇小说，主题小说集，都属于有完整结构的一种存在。这样的书是无法被碎片化的文字所取代的，甚至说，在今天越来越容易获得信息的情况下，有效的浓缩，有机的褶皱和结构，变得越来越重要。实际上，一本书不仅提供信息，也划定了信息的呈现方式以及边界,这一点可能是我们所疏忽的。

当越来越多的日常生活的信息向互联网转移,变成一种可记忆的信息时,如何让信息变得有效?我想,信息必须置身在某种结构当中,某种语境当中,某种链条当中,某种有限的边界当中,才会获得更有效的价值和意义。否则,那些原本会迅速消逝在风中的信息,就成了一种坚硬的障碍物。

我还想说写作与阅读的关系,尤其是何谓"读者"。我想强调:"读者"是一种概念的虚构。罗兰·巴特认为作品完成,作者便死去,但实际上,每个文本背后都有一个确定的作者,而无法确定的恰恰是读者,读者究竟是谁?可以是你,可以是他,可以是任何正在阅读的人。也就是说,读者并非一种身份,而是一种在场的状态。以我自己为例,我遇到的每一位读我作品的人,既修正和完善了我的写作,也修正和完善了我对于现实之人的认识,不再是空洞而缥缈的"读者",而是一个个鲜活的人本身。正如我曾经在一次发言中说道:"写作是一种有后果的行动,其后果便在召唤和创造着阅读,阅读如水,浸润每一个来到语境中的人。"这意味着阅读也是需要创造性的,我们可以假设一种完美的阅读:凡是读到的信息,都能迅速被转化成主体运思的有机部分,那该多好!仅凭人脑,这是不可能的,但在科技高度发达的未来,是否可以借助工具(包括增强大脑本身)来实现这一目标呢?那将是一种怎么样的阅读?

以上,是我回忆曾经的阅读饥渴症写下的。我曾以为我将会终身患上阅读饥渴症,最终将自己封闭在一间书房里,但我没想到的是,有一天我竟然想逃离书房。

拥有一间梦想中的书房,是每一个写作者最大的梦想。如果仅仅是说狭义的房间(刘禹锡所说的"陋室"),那我是幸运的,从小就拥有自己的一间"陋室"。我在中学时代有一个很小的房间,基本上只容得下单人床和书桌,角落里摆放着从各个地方搜刮来的书,具备几百本的规模。有一天,父亲找来了几个木箱,打算给我制成书柜。我原本不抱希望,但没想到这几个木箱经过重新编排后,把书放进去,还真像那么回事儿了。母亲找来一块深蓝色的布挂在前面,看上去就像是高级知识分子的书橱了。同学们看到后,竟然还有些羡慕。

读大学后,买书成了我最大的消费。逛街就是买书,买的速度远远超过了读的速度。我倒不是喜欢收藏书,而是有些书就是用来存放的,存放在那里就有它们的必要性。这听上去像是诡辩,事实上也的确如此。目前我的藏书已超万册,在书房以外,办公室里也放满了我的书,同事们不用的书柜也贡献给我,家里的客厅、卧室也被我蚕食。书像泥石流般蚕食着我的空间。书太多了,我急着找一本书的时候都找不到,只好又买一本,这种情况已经出现多次。可我还是舍不得扔书,童年时的阅读饥渴造成了阴影。

尽管我也尽力拥抱电子化时代的阅读,但我还是爱这些书籍。不仅仅因为纸书对眼睛友好,更因为它代表的是一种思维结构,一种知识生产的模式。这一点是为很多人所忽视的,似乎从书到网络只是载体的转化,实际上并非如此。我们经常说,这是一个信息碎片化的时代,为什么会碎片化?从根本上说,是因为这些碎片在体系之外,缺乏某种凝聚的力量。而书籍当中就蕴藏着这种结构的能力,即凝聚万物的能力。

我看着书架上的书,决心把每本书都看一遍。我说的是"看",而不是阅读,我真的打算把它们"过"一遍,它们肯定会赋予我意想不到的馈赠。老实说,这个想法很狂放,植根在我的心底挥之不去,让我看到书都有了恐惧。书房是我现在最想逃离的地方,因为我置身其中的时间越来越多了。我要不顾一切地逃离,因为我知道,哪怕我逃到天涯海角,还是得乖乖回来。

所以说,我对书房的逃离,依然是因为曾经过于饥渴而遗留下的病症。这让我想起我的祖父。他老人家曾在饥饿年代受了大苦,作为一名幸存者,他对食物有一种极端的爱惜,会趁我们不注意吃下发霉变质的食物。这就造成了一种隐秘的斗争,我们必须把那些坏掉的食物偷偷丢掉,不让他看见。我把这种斗争方法用在了自己身上——让看不完的书不要出现在自己面前,眼不见为净。但这种自欺欺人是不会长久的。因此,在这个书籍极度富足的年代,我的精神胃口注定是要消化不良了。

2021 年 12 月 9 日

出窍的眺望

眺望另一个出窍的自己。

——题记

我并不是一个嗜酒的人,比起身边一些爱喝酒的朋友,我跟酒的故事是不值一提的。但事情就怕比,我跟另一些朋友聊天之后,又发现自己的喝酒往事已经不算少。尤其是年龄比我小的朋友,对"饭局必须饮酒"这种观念已经越来越不在意。这不,连有些著名的酒商都着急了,弄出了"酱香拿铁"这种令人无法评价的饮品,据说是为了培养年轻一代对"酱香文化"的兴趣。

作为一个"80后",我不知道别的同龄人是什么情况,我得坦承:在我的少年和青年时代,曾有过两段与酒亲密接触的短暂时期,甚至有过一些不堪回首的记忆。既然都聊开了,那好吧,现在,喝上一点儿小酒,任由那道流动的火焰一路向内腹灼烧而去,然后,闭上眼睛,开始回忆。

我出生在青海省,这寒风凛冽的高原物产稀少,可唯独不缺酒。这里盛产高品质的青稞酒。因为天寒地冻,让人脏腑滚烫的青稞酒是当地人生活之必需品。据说青海是世界上除了俄罗斯之外第二个嗜酒如命的地区,对此我坚信不疑。我父亲的很多同事喝醉酒的样子,我至今历历在目。

说是历历在目,但首先是听觉的记忆。你走在街上,就能听见饭馆里猜拳的怒喊,那喊声几乎要把屋顶给掀翻。要是你走进屋内,那声音简直震耳欲聋。喝酒的人红光满面,太阳穴的青筋暴起,有些人甚至站在地上,另一条腿踩在凳子上,用俯视的气势来猜拳。猜拳输了的人端起酒杯,一饮而尽,嗓子里发出巨大的干咳声,每个人的声音还不一样,就像歌唱家般风格各异。有的人发"咳"的声音非常久,满脸的表情都扭曲了,但很快又露出了满足感。

最让我着迷的是他们猜拳的手势。你嘴里喊的数字,如果正好等于自己与对方伸出的指头总数,那你就赢了。因单手出拳,故总数仅为十,学会并不难。难的是出拳的手势,从一到五都有讲究,手指的变化必须要快。于是,你会看到一个其貌不扬、平时很木讷的人,他的手突然焕发出了一种奇妙的生命力,像魔术师一般变换着各种姿态。多年以后,我在广州跟当地同学们玩香港猜拳"十五、二十"的时候,就觉得这太笨拙了,只有握拳跟展开这两种姿势。我开始怀念西北的猜拳。那个还是小学生的我,凝视着成年男人变幻莫测的手势,觉得这就是男人的美妙舞蹈——外表粗粝的西北男人所能拥有的袖珍舞姿。

当然了，事情不总是如此美妙的。不时也会有邻居家的小朋友哇哇大哭跑到我家来，我父母便知道这家的男人又喝多了，在打自己的老婆，急匆匆冲进去拉架。可惜，不是每次都能帮到别人，总不能因为别人家的屋内传出了巨大的声响，旁人就冲进去拉架吧。这是过去西北男人酒醉后的陋习。好在现在这样的事情越来越少了，几乎绝迹了。

还有更可怕的事情。西北冬天极其寒冷，一旦酒局散场，有人喝醉又没家人来接，是很危险的。那时候的人都是步行回家，所以经常有醉汉掉到路边的水渠里，被冰雪覆盖后，在夜晚很难发现。等到了早上，太阳升起的时候，身体已经冻成了冰棍。在过去的年月，当地因喝酒而"殉职"的人不在少数。即便今天，也不时传来这个传统的回响，似乎就在今年，当地六个厅级官员一起酗酒，喝死一位，其余的全部免职。

我们家祖籍陕西，等于是空降当地，没有错综复杂的亲戚关系，我的父亲也不怎么爱喝酒，所以我家的酒宴不算多。但有几年他作为单位的小领导，也不得不面对一些酒局，故而也有喝醉的时候，尽管次数并不多，但让我印象非常深刻。他笑眯眯地坐在沙发上，比平时慈祥很多倍，看上去比较好亲近了，我刚准备上前跟他说些什么，他一低头，吐在了胸前。母亲惊慌失措地去拿毛巾了，清理干净之后，让我跟她一起搀扶父亲躺下。我第一次知道喝醉酒的人有着如此沉重的身体，仿佛喝进去的不是液体，而是铅块。

终于要来讲述我自己了。我也很好奇酒是一种什么滋味,尤其是高度烈性酒。我的祖父和我的父亲都曾用一根筷子蘸一滴酒,然后放到我的舌尖上,我感到一阵辛辣和灼热,口腔变得麻木不堪,我不知道大人们为什么会对这样的东西感兴趣。

我第一次喝酒应该是初三的时候,躁动不安的青春期,令人感到孤独和惶恐。某天,总算有哥们从家里偷出了一瓶酒,说我们喝点酒吧!难喝的酒,让人忍受的灼伤,仿佛在比赛自虐。不过,喝到一定程度之后,忽然感觉到了一点快乐,那是一种突然变得轻松起来的愉悦。

但是初中生毕竟还小,这样的机会屈指可数。到了高中之后,我似乎有过多次聚会饮酒的经历。尤其是高三的时候,我有过一次很可怕的醉酒经历。如果不是为了要写这篇文章,我是一点儿也不想回忆那件事情。

当时因为高考的压力太大了,春节期间我和几位朋友约好在一位同学家里相聚,跟父母也说好了,已经苦熬了一年,难得放松一天,晚上就不回家过夜了。

那次喝酒大家都很开心,放开了喝,一杯又一杯。繁重的高三学业需要一次轻松的呼吸,这些朝夕与共的好朋友也即将离别,奔赴四海,这些情绪多么需要酒精的催化呀。那次我是真的喝醉了,但那种醉不是突然断电式的,而是循序渐进的。好几位朋友们说要出去散步,要在寒冷的风中撒欢,可我不太想动了,便让他们去,自己跟一两位朋友留下聊天。他们离开之后,我又想上厕所。聚会的房屋是在大院里,房间里是没有卫生间的,要走到户外去方便。以前听人说过,风一吹,人的酒劲就上头,但那会儿完全不记得这种说法,拉开门就独自走进风中,然后,然后,然后就是一段记忆的缺失。等我再有意识的时候,已经是在房间里了,有人在帮我洗脸,我看到脸盆里的水是红色的,我不明白为什么要用红色的水给我洗脸?他们告诉我,那不是红色的水,而是我的血,我在流鼻血,把水都染红了。

朋友们都非常关切地问,到底是谁打的?可我自己说不上来,跟个傻瓜一样。第二天醒来之后,看到镜子里鼻青脸肿的自己,一种巨大的羞辱感涌上心头。我不知道该怎么走回家,又该怎么面对我的父母。后来,我用围巾包着自己的脑袋,像隐身人那样神神秘秘跑回家,感觉街上每一个人都看着我,知道我的羞耻。父母非常后悔让我在外边过夜,但实际上,几个月之后,我就考上大学,长久地开始在外边"过夜",直到今天。

至于是谁打了我,朋友们众说纷纭。我也不是很想追问自己,毕竟可怕的场景已经在酒精的作用下被我遗忘了,追问反而是对记忆的复原,对我来说无疑是二次伤害。人的心理就是如此奇怪,我真切感受到了这一点。但我也不能完全不追问,我也在想象中与那个人进行了决斗。后来有个朋友很肯定地跟我说,应该是某人干的,这个人又在另外一个地方把别人打成重伤,被抓进牢子里了。这么一来,我的心情竟然也就平复下来,觉得坏人终于受到了惩罚。

离开青海之后,我觉得自己应该不会再喝酒了。我到广东上大学,同学里边广东人以及其他南方人比较多,他们性情温和,并不会喝酒,真要喝,喝几瓶珠江啤酒就可以了,也不会搞出什么大动静。像啤酒这种东西,在西北跟可乐是一个意思。

但人以群分,物以类聚,几个西北老乡凑在一起,加一个山东的,便裹挟着江西、湖南的哥们凑成了酒局,顺便还带坏了几个广东的同学。在宿舍里,大家吃着红泥花生,喝着廉价白酒,谈天说地,非常快活。

在此期间发生了极其搞笑的事情。当时一个哥们喝晕之后就坐在椅子上,头靠着椅背睡着了。他大张着嘴,打着香甜的呼噜。另一个哥们也晕了,挣扎着爬到床上(床架在桌子上边),刚躺下去,忽然肚子里翻江倒海,抑制不住地想吐,他立刻翻身而起向外吐去,正好吐了下面哥们一脸一身……那是被我们津津乐道的一段"佳话"。

我每次都小心翼翼地控制着自己,让自己不要再喝醉。

大四的寒假,我居然没抢到春节前回家的车票,只好滞留在学校里过大年。我跟另一个没有回家的哥们,被我们亲爱的金老师叫去他家里过年。金老师也是性情中人,大家一杯接一杯,喝得非常开心。那次我又到了醉酒的边缘,幸亏了另一位被称为千杯不醉的"酒神"的哥们,是他将我护送回宿舍,否则不知道会发生什么情况。第二天醒来,天晕地转,浑身乏力,两臂发麻,说不出的痛苦。"酒神"把音乐声放到最大声,在宿舍里拖地,他要靠这种方式度过宿醉的痛苦。

大学毕业后,有一段时间酒局非常频繁。因为当年的好兄弟们工作了,有钱了。对当时的我们来说,虽然已经步入社会了,但还没有真正步入社会深层机制中去,因此喝酒是为了缅怀友情,也是一种无功利的愉悦行为。每次不把个别同学喝吐、喝醉,似乎酒局就不大圆满。于是乎,有人喝到一半去卫生间吐了,回来继续喝;有人喝着喝着突然失去意识,从椅子上滑到了桌面下面;更有人喝到不省人事,被送到医院里打点滴。就这还不算完,酒量大的同学还会来个"二场":去有特色的小馆子吃宵夜,再喝一点小酒,以显示某种优越感。我只有极少数的几次,幸运撑到了第二场,大多数情况都终结在第一个环节。

又过了几年,这种酒局逐渐休止,无人再提议组局之事。现在回头想想那酒局年代,不免感慨时间过得真快,转眼间过去都快二十年了。都说现在的年轻人不爱喝酒,注重养生,一方面觉得这样真对,但另一方面也恍然若失,觉得如果一个人从未体验过"酒神"的迷狂精神也颇有遗憾。

如今,时过境迁之后回顾自己过去那两段喝酒最频繁的时段,我觉得很有意思,看清了更多的东西。在中学时代喝酒,讲究的是"义气",一起模仿文学或影视作品中那些好汉们的举止行为,试图通过喝酒缔结某种想象中的"兄弟情义",从而拥有一个"江湖"。而在大学以及大学毕业的那一段时间,喝酒既为了愉悦,也有社交演练的潜意识。大家按照彼此所在的单位,开玩笑地把对方叫主席,叫厅长,叫处长,当时觉得特别好玩,有一种既反讽又祝福的幽默在里面。后来这样的饭局为何不再了?因为这种反讽不在了,变成了真正的人生境遇。"主席"已经真的成了主席,"厅长"也真的成了厅长,其中也就毫无幽默可言,甚至还会让境遇不同的人产生反感。

因此,喝酒跟写作、人生、创造等最高级的精神活动一样,都取决于想象力。在我们喝酒之际,我们需要心中有江湖,我们需要语言有幽默感,我们需要未来有光明。当光明的未来失去它的光芒,我们偶尔也需要在体内点燃一盏小小的酒精灯,它那蓝色的光芒会安慰你:今天还不是未来,未来还在未来。

自同学间的酒局消停之后,我只醉过两次,一次是迫于场面的压力,当了"令狐冲(拎壶冲)"。另一次是在新疆,见识了新疆朋友的霸气。那是一场午宴,每人面前一个大酒杯,每人还要说一段祝福语,然后大家便要干杯,一桌十几人说完话,十几大杯已经下肚,可这时热菜才准备上来。我勉强记得我吃了热菜,撑到了酒局散场,往楼下走去,但往后的记忆缺失了,当我恢复意识的时候,我已经躺在了宾馆的床上,时间是晚上十一点,吐脏的衣服被朋友洗好挂在卫生间。这是一次仪式性的醉酒,在这套仪式结构中,陌生人基本上无法幸免。如若下次有机会,我得先吃饱饭再去赴宴。

但在大部分时间,酒甚至都从我的生活中消失了。从医学上来说,酒对身体没有一点好处,这已经被哈佛大学的一份研究报告所宣告。因此，我是怕酒的。但是，饮酒注定与中国人的社会生活是不可分割的，除却打破应酬的尴尬，也确有难忘的时刻。在宴席上，跟仰慕已久的前辈能够同饮此杯，心中充实着无限豪迈。清闲时，跟三五知己约饭小酌，随心所欲不逾矩，也感到被清淡的欢悦所缓慢滋润。

人到中年，更懂人性，才会更懂得酒。人不是一架完全按照规则生活的生物机器，这架机器如果存在，一定是为了体现人的情感、实现人的价值。因此，小酌微醺最大的益处，就在于能让人的灵魂真正松弛下来。如意也罢，不如意也罢，酒都让你恢复对此时此刻的感知，放大你存在中的美妙与悲伤。那是诗的时刻。今人因为学习体系的变化，已经无法临事作诗，可古人饮酒常常诗兴大发，让精神的自我飞翔起来，向世界深处冲去、并用语言留下与世界相遇的美妙痕迹。

陶渊明写了二十首《饮酒》诗，他的诗酒人生图景成为后世文化人追慕的理想。"采菊东篱下，悠然见南山"，这不是我们以为的田园劳作诗，而是放在《饮酒》之中的。我尤其觉得这并不意味着陶渊明一边喝酒，一边看着别的农人在远处劳作，而是他眺望到了另一个自己。饮酒的自己望着诗意生活的自己，两个自己共同构成了一种完整的诗意。当我悟到这一点的时候，我便梦想着今后约三五好友（惭愧，我不喜欢独酌），找个风景绝佳处——对，就是要从饭店那千篇一律的包房空间中逃遁出来，让自我直接面对自然。这时，不用在乎醉不醉，不用在乎自己说了什么，甚至不必在意朋友说了什么，一切都超越了语言,想喝便一直喝下去。这时候,偶然间抬起头来,望向窗外,眺望另一个出窍的自己,与另一个自己共同完成对广阔世界的占据。

2023 年 12 月 7 日

后　记

我，是另一个人

我回想起自己最初为文学所着迷的原因，似乎跟"人"没有太多的关系。我不知道别的作家是不是也是这样的，但是对我来说，最开始对文学着迷是因为它能够表现这个世界的壮阔，也就是人无法企及的那一面。比如落日的辉煌，比如一望无垠的绿色草原，比如苍鹰跃起的茫茫戈壁……这些事物在我眼中都是文学的，但它们似乎都没有人的存在。我喜欢的中国古诗，大多数也都是对景物的描写，而很少直接写人。

直到我开始写小说之后，才逐渐认识到文学与人的密切关系。小说必须要有人物，现实主义的写法要点就是所谓贴着人物写，但若都是那种无趣的人物，小说本身不也很无趣了吗？能不能有一种无人的小说？

其实法国新小说运动就做过相关实验。那些作家反对人类中心主义，用物的视角来写小说。比如我还记得罗伯格里耶的小说《嫉妒》里面跟说明文一样的文字，完全颠覆了我们对小说的传统理解。但是，它同样是关于人的事情。能不能有一种完全与人无关的小说？我后来开始写科幻小说，我在思考，未来是由机器人构成的，人已经彻底消亡了，我能不能写出无人的小说？但很遗憾，依然无法做到。我们在机器人的书写中也必须要灌注人性，才能把故事写下去。说到底，没有人性及其相关的一切，也就没有故事，没有叙述，也就没有文化，没有文明，没有一切。我这才明白，古人写诗可以不着一字在人身上，但实际上处处有人。

所以我对人本身开始着迷，写下了这一系列散文。收入这本书的文章零零散散的，并不是在一个特定时间段内完成的，而是在不经意间完成的。它们是我松弛状态下的产物。这些人，有的是熟悉的朋友，有的是我的亲人，有的是远方的文友，也有的是陌生的人——甚至仅在大街上惊鸿一瞥，他们就给我留下了强烈的印象，我不得不把他们也写进来了。当然了，最奇妙的是，我把写猫的文章也收入了，因为我在写这几只猫的时候，是把它当人来观察和书写。从它们身上，我见识到了人与更广大生命相通的属性。还有，我也把自己写进来了，我不可能看到完整的自己，就写了自己的片段。当我写下自己的时候，我就意识到了诗人兰波所说的："我，是另一个人。"

这些人标注了我生活的刻度。我写的时候并不想过分描摹他们，我写的时候更多的是着重于自己观察的一种视角或视野。这是我需要说明的，我不希望读者认为我所呈现的是一个客观的世界，我们怎么能说关于人的文字是客观的呢？关于他人的文字,跟写那篇文字时的主体状态是密切相关的,人与人的关系无时无刻不处在一种运动和变化之中。我写下了当下的印象,但这个"当下"随着时间的流逝,又变成了过往,变成了历史。

对这些人物的书写,跟小说笔下的人物是不一样的。这是一种散文化的书写,他们身上缺乏了戏剧性,但同时,他们身上又多了真实性,即便这个真实性是有限的,但也与虚构截然不同。

什么是文学？我一直觉得除了写下的文本,其实作者、作家、文人、诗人乃至读者都是文学的一部分,古今中外皆然。比如古代《世说新语》写下的那些当时的人物,每个人都那么精彩,不妨说,它找到了那个时代诸多典型人物身上的文学性。俄罗斯作家爱伦堡写的回忆录《人·岁月·生活》又是多么深刻生动地描述了他所遇见的人物,这本书翻译成中文后几乎影响了一代知识分子的成长。

那么,这本书只是一个简陋的开端。当我以后重写这段岁月的时候,我注定又会有不一样的想法。当代文学及其文学生活是非常精彩的,我们也需要一部自己的《世说新语》或《人·岁月·生活》。我知道这本书迟早会有的,即使我不写,也总会有人写出来。我期待着那一天。

2024 年 9 月 9 日

附 录

王威廉印象记

朱铁军

如果按文本功能分类,印象记应该属于考卷的一种,它主要是用来检验记忆力的。因而面对这个命题时,我既充满羞愧,又无法及格。坦诚地说,我已经不记得第一次认识王威廉是在什么情景之下了,只知道我们相识刚好三年。他很不幸地出现在我记忆力最差的时段里,却又成为我生命中最为重要的好朋友之一,这实在是一件略带荒诞色彩却又现实有趣的事情。所以我更倾向于相信,这是一种命运的必然。

见到王威廉之前,我已读过他多部作品,作为"八零"一代极具独立特质的青年作家,纸上的王威廉于我并不陌生。初见的时候,他的形象也与作家简介的照片上一致,偏分的黑发,眉清目朗,带着浓郁的书卷气息。事实上此后的若干次相聚,除了衣装的变化外,他的样子几乎毫无调整,甚至连体重也没有太明显地波动过。在我狭窄的视野里,好像现在梳着偏分发型的男性越来越少了，所以每次见他以掌拢发时，我总感觉瞬间回到了大学时代。在活动的场合，他总是不徐不疾地讲话，不会抑扬顿挫，也没有什么肢体动作，他温文尔雅得像一只有灵的驯鹿。相处久了，我时常觉得他和我印象中的西北汉子根本对不上号。

前几年，我是有些社恐的。二十余年的编辑生涯，使我越来越喜欢隐在幕后，人多的时候习惯性地往旁边站。还记得当年有一次参加省作协的会议，入场前遇到了陈崇正，虽然我闻其名已久，挺想认识一下的，但是现场人太多，我还是只和他握了握手，就躲到一边抽烟去了。时隔许久我们才通过网络加了微信，因为那次不成功的照面，崇正一度认为我很是严肃。与威廉的熟悉，是在潮州的南澳岛上，我们共同参加潮州作协的活动。想来若不是那时他主动和我交谈，我们的交集可能又会延宕许多岁月。

南澳初识，也是我们之间为数不多的就文学和期刊等话题进行的交流，此后的交往中，我和威廉的互动反而更多地存在于现实生活。这让我感到很舒适。虽然他是成名作家，我是职业编辑，都和文学有必然的联系，但是对于我来说，与作家朋友的交往能够既在文学场域中，又可以有背对文学的时刻，是十分可贵的。这也许源于我多年职业生涯造成的某种疲倦，继而形成了一种类似想要抽离的潜意识。但是我发现，威廉的作家意识和知识分子属性，使得他无时无刻不处于思想的行途中。即便在我们交流日常的时候，他也保持着惯性的观察与思考。批评界认为他是一位有着先锋性和哲学思辨的现实主义作家,我相信这与他在日常中对事物与他者经验的读取和关切息息相关。因而生活中的王威廉是纯粹却不坚硬的,他有学人丰盛的质地,也有充分的人间温度。这让我感到钦佩,也可以反观到自己的粗糙。

记得是去年的冬天,威廉来深圳参加一场作品研讨会,下榻的酒店就在文联附近。结束后他问我是否在办公室熬夜,那天我恰好走得很早,待我折回来见到他时,已近午夜。大半夜的去哪坐坐,成了小难题。我俩都不好酒,于是决定去东门老街走走。路过"超级文和友"的时候,他被外墙上那面硕大的电子幕墙吸引,驻足看了许久。我这才想起来,深圳文和友以"深圳墟"为概念打造的整栋旧改楼,其美学涉指就是科幻与未来,这正是威廉的小说书写中重要的思想向度。我虽然去过和路过多次,却向来是无感的。我们进去时,大多数店铺已经打烊,中庭后的旧街橘灯映照,颇有时代感,我给他拍了许多照片,为了取全景,我站到另外一边的二楼上,远远看去时,感觉他的气质就是属于那个时代的,就像早年香港电影里的那些青年,充满着理想主义的样子。

后来我们又去老街,我已十多年不曾去过,街上竟然寥寥无人,我和威廉说以前半夜两三点时,这边也是人流如织的。他对我的叙述很是好奇,认真地听我讲古,我指着西华宫附近的麦当劳告诉他,那是中国大陆第一家麦当劳,当年的新闻中有个很有趣的情节,有位食客说:"我花十块钱,就去了一趟美国了。"威廉听了,饶有兴趣地拉我要去"吃一吃"。

同样让人意外的是,不过午夜十二点的样子,整个餐厅里却只有我们两个就餐,甚至二楼已经开始清扫打烊。在我的印象里,那一餐单就口腹之感而言,是非常乏味的,无非可乐薯条鸡翅,昏暗的餐厅里还飘荡着消毒水的气味,毫无欢愉可言。但是威廉却时常会和我提起那个夜晚,他说,那是一个城市和一个时代的隐喻。像这样的情形,时常会让我感到自己的迟钝与空洞,而他却始终是一位在场的、冷醒的写作者,他参与现实也时刻反思着现实,这为他提供着更为远阔的思想步履。

我和威廉同去过两次南澳,都很喜欢那个小岛。第一次抵岛时,我在下榻的酒店门口看到了共享电动车,顿时兴致大起,我和威廉、陈培浩说,等晚上自由了,咱们仨各骑一辆小摩托去环岛吧。他俩都很热烈地表示可行。结果作家们的交流持续到半夜十一点多,待解散后我再去叫他们,这俩哥们儿却都迅速躺平了。他们劝我也搁置计划,理由是大半夜的不太合适。我没听劝,兴奋地扫了码,子夜走单骑。从我开始坚持就算没有同伴也要干的时候起,威廉就不停地给我发信息,反复说,老铁,拉倒吧,不安全。我骑行了十几公里,他还在问,老铁你到哪儿了,行不行啊?我一边分享着沿途的所见,一边诱惑他穿衣服出来,他犹犹豫豫的,既有点想又有所顾虑。最终,他还是没有来。

次日早餐,威廉听我讲暗夜荒路四野无人、草比人高、野狗乱窜,以及路过一个墓地时温度骤降的种种时,还在担忧地说,你不害怕呀?其实骑了二十多公里遭遇几条野狗并发现电单车的动力拧到底也不如狗跑得快时,我吓得血都快凉了。但是我还是告诉他,怕啥呀。他幽幽地说,还是谨慎点好。

后来,威廉晚走了两天,随一位本地文友沿着海边走了大半圈。从他拍的照片来看,在与我差不多的路线中,他看到的是璀璨的星河、山顶的望海亭、半涯的礁矶、古旧的渔船和卷着雪浪的海岸线。莽撞又孤勇的我,和明亮的威廉,看到了完全不同的世界。每每想起这件事,我都会给他贴上一个谨小的标签,但是又觉得他是一个热爱着世界、充满智慧、了然自我的人。

第二次到南澳时,我在岛上一家渔具店买了些基础装备,打算去海钓。威廉说他从未经历过海钓,想陪我同去。我选的地方在环岛路下方,大概有八九十米的陡峭下坡,我俩连滑带爬地下坡时碎石与泥土横飞,他已经连呼哎呀。下至海边,还要攀爬好几块大礁石才能达到我想去的钓点,我有点担心他会打退堂鼓,但是他却没再吭声,顺利地攀了过去。那夜涌起了大浪,后来演变成拍石浪,不断打在我们脚下。钓了不到二十分钟,礁石就站不成了。在我收竿的时候,他指给我看海面上倒映的月影。黄色的月光铺在水纹间,像是一大片碎金子。我俩蹲下去凝望了好一会,我看着他的侧脸时在想,当我为未有鱼获而感到遗憾的时候,威廉已经和另外一部分世界发生了连接,这也许就是他的小说可以锋利又深邃,兼备探索与思想性的原因之一吧。

没让他摸到我钓的鱼,成了我的一个小执念。后来有钓友出南海油田,载回许多黄鳍金枪,我便用冷链给他寄了一条。威廉约了多位圈内的朋友,吃鱼饮酒、作诗写字,并发给我看,说我用一条十斤之鱼,热闹了广州的文学界。彼时我们已相交两载,我知道搅动热闹的并不是鱼,而是热诚的他在圈内的好人缘,以及他那"与之相交,若饮醇醪"的人格魅力。对于我而言,他总像一枚镜子,因为与他有着不同的性情,每每被他照见时,我总会自然地想起诸如"君子如玉"之类的词儿。

和我下意识的"严肃"不同,威廉不但谦逊温润,待人和煦,而且还有着古道热肠,很乐于帮助别人。有一个阶段我在申报职称,他知道以后想起来就问我,操作了没?然后反复地告诉我,规则是怎样,途径是如何,有什么特别的条件,最终还要嘱咐:抓紧啊老铁。由于我的拖延,连续错过了两次,他比我还着急,到了时间就督促我,快去整啊。

平时他也会推荐一些别人的作品给我,并且客观地告诉我他觉得作品的优缺点都是什么,某位作家对文学的态度特别质朴端正,执著且艰难,冲着那份对文学的坚持和行在苦途的处境,他觉得他应该为他们做点什么。

自前年起,王威廉和陈培浩联袂在我刊开辟了批评栏目,从前年的"大湾区文学地理"到去年的"大湾区文学聚焦",对粤港澳大湾区城市群的文学结构和代表作家进行了系统的梳理;今年起,他们又改版为"最青年",开始着力发现、扶持和引导有潜力的新一代青年写作者,为他们搭台引路。

2022年初,王威廉离开了省作协,到中山大学任教,有不少人为他的选择感到惋惜,都说以他的文学成就和工作能力,在省作协会有更好的前途。我倒觉得挺好,并不是因为两者之间有什么可比较衡量的,而是我知道他是一个始终清晰且通透的人,他刚毕业时搞过原创音乐,做过学术刊物和出版社编辑,就连学习时的专业也是跨越了物理、人类学和中文几个完全不同的学科,所以对于他来说这并不是什么特别的转折。他继续进行着个体写作,也未曾离开文学现场,最近还以学系和省作协为依托策划筹办了首届全国大学生"逸仙青年文学奖"。

这让我想起2020年夏天我社办了一个文学论坛,会后我带着威廉、陈培浩、杨丹丹去深圳湾公园散步,我们忽然有了兴致,要进行一场百米赛跑。一声令下,丹丹和培浩冲得最快,我落在最后,威廉居中。我大概只跑了不到五十米,就胸闷气促、快要炸肺了,而威廉后来跑得最远。我们拉了个群,叫作"大叔夜奔",但是每当我回忆起那个深夜的海滨时,总感觉大家还是一群少年。依然保有少年般清澈的威廉,前方的征途又岂止是星辰和大海,他的目光和思想早已经穿行在浩瀚的宇宙,奔向着时间之外的未来。

刊《时代文学》2023年第12期

一本书打开一个世界

欢迎订购、合作

订购电话：0571-85153371

服务热线：0571-85152727

KEY-可以文化　　浙江文艺出版社　　京东自营店

关注 KEY-可以文化、浙江文艺出版社公众号，及浙江文艺出版社京东自营店，随时获取最新图书资讯，享受最优购书福利以及意想不到的作家惊喜